文學大師的理與情

導讀　梁科慶　阿谷　周淑屏

編選　周淑屏

文學大師的理與情
導讀／梁科慶　阿谷　周淑屏
策劃編輯／周淑屏
編輯／黃玉琼
美術設計／劉碧雲
出版發行／突破出版社
香港沙田亞公角山路33號突破青年村
電話：2632 0000　傳真：2632 0388
電郵：breakthrough@breakthrough.org.hk
網址：http://www.breakthrough.org.hk
http://www.btproduct.com
承印／海洋印務
2014年12月初版1刷
2018年4月初版2刷

Master's Writing Lessons 2
by Chow Suk Ping
First Printing, First Edition, December 2014
Second Printing, First Edition, April 2018

Printed in Hong Kong
ISBN 978-988-8246-40-3

人文價值

或坐在巨人的肩膀上，或呷一口書香，讓我們的生活漸次提升，讓眼界更見遼闊。

目錄

論說文

抒情文

前言

一、本書精選十一位五四時代的作家的二十篇作品，根據論說文和抒情文兩種文章體裁編排。

二、文章後或附「導讀」，或附「寫作指引」，或兩者皆備。

三、「導讀」部分分別由梁科慶、阿谷、周淑屏三位作家撰寫，以新穎、獨特、有趣的角度，和讀者一起欣賞這些美文。

四、「寫作指引」由編輯黃玉琼撰寫，參考公開考試的題型，提供指引讓讀者仿照範文的寫作方法試寫，希望於提升寫作技巧上有所裨益。

論説文

拿來主義　魯迅

中國一向是所謂「閉關主義」，自己不去，別人也不許來。自從給槍炮打破了大門之後，又碰了一串釘子，到現在，成了什麼都是「送去主義」了。別的且不說罷，單是學藝上的東西，近來就先送一批古董到巴黎去展覽，但終「不知後事如何」；還有幾位「大師」們捧着幾張古畫和新畫，在歐洲各國一路的掛過去，叫作「發揚國光」。聽說不遠還要送梅蘭芳博士到蘇聯去，以催進「象徵主義」，此後是順便到歐洲傳道。我在這裏不想討論梅博士演藝和象徵主義的關係，總之，活人替代了古董，我敢說，也可以算得顯出一點進步了。

段 1

但我們沒有人根據了「禮尚往來」的儀節，說道：拿來！

當然，能夠只是送出去，也不算壞事情，一者見得豐富，二者見得大度。尼采就自詡過他是太陽，光熱無窮，只是給與，不想取得。然而尼采究竟不是太陽，他發了瘋。中國也不是，雖然有人說，掘起地下的煤來，就足夠全世界幾百年之用，但是，幾百年之後呢？幾百年之後，我們當然是化為魂靈，或上天堂，或落了地獄，但我們的子孫是在的，所以還應該給他們留下一點禮品。要不然，則當佳節大典之際，他們拿不出東西來，只好磕頭賀喜，討一點殘羹冷炙做獎賞。

段 2 __________

這種獎賞，不要誤解為「拋來」的東西，這是「拋給」的，說得冠冕些，可以稱之為「送來」，我在這裏不想舉出實例。

段 3 __________

我在這裏也並不想對於「送去」再說什麼，否則太不「摩登」了。我只想鼓吹我們再吝嗇一點，「送去」之外，還得「拿來」，是為「拿來主義」。

段 4 __________

但我們被「送來」的東西嚇怕了。先有英國的鴉片，德國的廢槍炮，後有法國的香粉，美國的電影，日本的印着「完全國貨」的各種小東西。於是連清醒的青年們，也對於洋貨發生了恐怖。其實，這正是因為那是「送來」的，而不是「拿來」的緣故。

段 5 __________

段6　所以我們要運用腦髓，放出眼光，自己來拿！

譬如罷，我們之中的一個窮青年，因為祖上的陰功（姑且讓我這麼說説罷），得了一所大宅子，且不問他是騙來的，搶來的，或合法繼承的，或是做了女婿換來的。那麼，怎麼辦呢？我想，首先是不管三七二十一，「拿來」！但是，如果反對這宅子的舊主人，怕給他的東西染污了，徘徊不敢走進門，是孱頭；勃然大怒，放一把火燒光，算是保存自己的清白，則是昏蛋。不過因為原是羨慕這宅子的舊主人的，而這回接受一切，欣欣然的蹩進臥室，大吸剩下的鴉片，那當然更是廢物。
段7　「拿來主義」者是全不這樣的。

他佔有，挑選。看見魚翅，並不就拋在路上以顯其「平民化」，只要有養料，也和朋友們像蘿蔔白菜一樣的吃掉，只不用它來宴大賓；看見鴉片，也不當眾摔在茅廁裏，以見其徹底革命，只送到藥房裏去，以供治病之用，卻不弄「出售存膏，售完即止」的玄虛。只有煙槍和煙燈，雖然形式和印度，波斯，阿剌伯的煙具都不同，確可以算是一種國粹，倘使背着周遊世界，一定會有人看，但我想，除了送一點進博物館之外，其餘的是大可以毀掉的了。還有一羣姨太太，也大以請他們各
段8　自走散為是，要不然，「拿來主義」怕未免有些危機。

總之，我們要拿來。我們要或使用，或存放，或毀滅。那

麼，主人是新主人，宅子也就會成為新宅子。然而首先要這人沉着、勇猛、有辨別、不自私。沒有拿來的，人不能自成為新人；沒有拿來的，文藝不能自成為新文藝。

段 9

寫作指引

魯迅巧妙的議論技巧，一向令人驚歎，讓人值得學習。在〈拿來主義〉中，就有兩種論證手法非常值得留意，那就是舉例論證和類比論證。

先來談談舉例論證，由於魯迅對當時時局的發展十分了解，可大量地運用當時實例，以證明他的看法。因為時代久遠，有些例子現在看來或許難理解，在當時而言卻為人熟知，例如第 6 段中的舉例，強而有力地證明了魯迅的觀點合理——「送來」的都不是好東西，必須主張「拿來」：

「但我們被『送來』的東西嚇怕了。先有英國的鴉片，德國的廢槍炮，後有法國的香粉，美國的電影，日本的印着『完全國貨』的各種小東西。於是連清醒的青年們，也對於洋貨發生了恐怖。其實，這正是因為那是『送來』的，而不是『拿來』的緣故。」

再來看看類比論證的運用，在第 7 段中，魯迅舉了窮青年繼承祖傳宅子這一個性質相似的事件作類推，藉此證明如果人們不管「三七二十一」地接受外國「送來」的東西，只會害死自己，這決不是「拿來」：

「如果反對這宅子的舊主人，怕給他的東西染污了，徘徊不敢走進門，是孱頭；勃然大怒，放一把火燒光，算是保存自己的清白，則是昏蛋。不過因為原是羨慕這宅子的舊主人的，而這回接受一切，欣欣然的甃進臥室，大吸剩下的鴉片，那當然更是廢物。『拿來主義』者是全不這樣的。」

在當時，世間都主張把國寶向外國送出去和不斷接受外國「送來」的東西，魯迅卻有與別不同的觀點，要「拿來」！這與世間主流背道而馳的主張，令人想到近年某些人提出的「慢活」觀念很相似，試以「慢活人生」為題寫作，寫作方法可以參考以下幾點：

1. 首先要了解大眾對「慢活」的討論，原來慢活的緣起是因為現代社會都講求效率，做任何事都要「快」，因而令一些人覺得人生也該提倡「慢」。

2. 可運用舉例論證，以生活中的事例證明「慢活」是否值得支持，例如可以舉 1986 年由意大利人卡爾洛·佩特里尼針對速食快餐文化而發起的「慢食運動」為例。[1]

3. 運用類比論證，以性質相似的事件作類推，解說「慢活人生」的效用。

4. 傳統思想中也有與「慢活」類近的觀念，可以引用來協助解說慢活的可取之處，如莊子、老子等，甚至連《禮記·大學》也可引用來討論，如：「知止而後有定，定而後能靜，靜而後能安，安而後能慮，慮而後能得。」這裏的「止」意思不但是停止，更可解作知道自己的當止之境，引申作適可而止，然後就能確定自己的志向，心便可以保持寧靜不受干擾，更能深思熟慮，最終達到至善境界。慢活要求人們稍停下來，慢慢感受人生，而《禮記．大學》中的引文就可以帶出停下來的好處是減少干擾，令思考變得清晰。

5. 可以舉蘇軾〈記承天寺夜遊〉的例子：「庭中如積水空明，水中藻荇交橫，蓋竹柏影也。何夜無月，何處無竹柏？但少閒人如吾兩人耳！」因為蘇軾無事可做，靜下來才能欣賞到平日常見卻為人所忽略的美景。

6. 還可以引「欲速則不達」反面證明不是快速講效率就一定好，慢活同樣也有利於處事。

1 參閱「國際慢食協會」網頁：www.slowfood.com

論雷峰塔的倒掉　魯迅

聽説，杭州西湖上的雷峰塔倒掉了，聽説而已，我沒有親見。但我卻見過未倒的雷峰塔，破破爛爛的映掩於湖光山色之間，落山的太陽照着這些四近的地方，就是「雷峰夕照」，西湖十景之一。「雷峰夕照」的真景我也見過，並不見佳，我以為。

段 1

然而一切西湖勝跡的名目之中，我知道得最早的卻是這雷峰塔。我的祖母曾經常常對我説，白蛇娘娘就被壓在這塔底下。有個叫作許仙的人救了兩條蛇，一青一白，後來白蛇便化作女人來報恩，嫁給許仙了；青蛇化作丫鬟，也跟着。一個和尚，法海禪師，得道的禪師，看見許仙臉上有妖氣，——凡討妖怪做老婆的人，臉上就有妖氣的，但只有非凡的人才看得出——便將他藏在金山寺的法座後，白蛇娘娘來尋夫，於是就「水滿金山」。我的祖母講起來還要有趣得多，大約是出於一部彈詞叫作《義妖傳》裏的，但我沒有看過這部書，所以也不知道「許仙」「法海」究竟是否這樣寫。總而言之，白蛇娘娘終於中了法海的計策，被裝在一個小小的鉢盂裏了。鉢盂埋在地裏，上面還造起一座鎮壓的塔來，這就是雷峰塔。此後似乎事情還很多，如「白狀元祭塔」之類，但我現在都忘記了。

段 2

那時我惟一的希望，就在這雷峰塔的倒掉。後來我長大了，到杭州，看見這破破爛爛的塔，心裏就不舒服。後來我看看書，説杭州人又叫這塔作保叔塔，其實應該寫作「保俶塔」，是錢王的兒子造的。那麼，裏面當然沒有白蛇娘娘了，然而我心裏仍然不舒服，仍然希望它倒掉。

段 3

現在，它居然倒掉了，則普天之下的人民，其欣喜為何如？

段 4

這是有事實可證的。試到吳越的山間海濱，探聽民意去。凡有田夫野老，蠶婦村氓，除了幾個腦髓裏有點貴恙的之外，可有誰不為白娘娘抱不平，不怪法海太多事的？

段 5

和尚本應該只管自己念經。白蛇自迷許仙，許仙自娶妖

怪，和別人有什麼相干呢？他偏要放下經卷，橫來招是搬非，大約是懷着嫉妒罷，——那簡直是一定的。段 6

聽說，後來玉皇大帝也就怪法海多事，以至荼毒生靈，想要拿辦他了。他逃來逃去，終於逃在蟹殼裏避禍，不敢再出來，到現在還如此。我對於玉皇大帝所做的事，腹誹的非常多，獨於這一件卻很滿意，因為「水滿金山」一案，的確應該由法海負責；他實在辦得很不錯的。只可惜我那時沒有打聽這話的出處，或者不在《義妖傳》中，卻是民間的傳說罷。段 7

秋高稻熟時節，吳越間所多的是螃蟹，煮到通紅之後，無論取哪一隻，揭開背殼來，裏面就有黃，有膏；倘是雌的，就有石榴子一般鮮紅的子。先將這些吃完，即一定露出一個圓錐形的薄膜，再用小刀小心地沿着錐底切下，取出，翻轉，使裏面向外，只要不破，便變成一個羅漢模樣的東西，有頭臉、身子、是坐着的，我們那裏的小孩子都稱他「蟹和尚」，就是躲在裏面避難的法海。段 8

當初，白蛇娘娘壓在塔底下，法海禪師躲在蟹殼裏。現在卻只有這位老禪師獨自靜坐了，非到螃蟹斷種的那一天為止出不來。莫非他造塔的時候，竟沒有想到塔是終究要倒的麼？段 9

活該。段 10

寫作指引

魯迅擅寫雜文是眾所周知的事，雜文指的是夾雜記敘、議論和抒情於一體的文章。雖然聽起來複雜，魯迅的〈論雷峰塔的倒掉〉就作出了最好的示範。

議論文的開頭最常用兩種方法，其中一種是「界題」——對題目作一個範圍界定和解釋，而〈論雷峰塔的倒掉〉則用了另一種方法，就是交代背景。魯迅首先在第 1 至 2 段作出話題背景的交代，先告訴讀者雷峰塔故事的傳説，令人對話題產生的來龍去脈有初步了解，知道觀點立場的由來，更可免於之後要多花筆墨解釋。

「我的祖母曾經常常對我說，白蛇娘娘就被壓在這塔底下。有個叫作許仙的人救了兩條蛇，一青一白，後來白蛇便化作女人來報恩，嫁給許仙了；青蛇化作丫鬟，也跟着。一個和尚，法海禪師，得道的禪師，看見許仙臉上有妖氣，——凡討妖怪做老婆的人，臉上就有妖氣的，但只有非凡的人才看得出——便將他藏在金山寺的法座後，白蛇娘娘來尋夫，於是就『水滿金山』。……總而言之，白蛇娘娘終於中了法海的計策，被裝在一個小小的鉢盂裏了。鉢盂埋在地裏，上面還造起一座鎮壓的塔來，這就是雷峰塔。」

雜文寫作時最常用夾敘夾議的手法，但要留意夾敘夾議的「議」有時也深富個人情感色彩，〈論雷峰塔的倒掉〉也不例外。文中有些段落是以記敘為主，有些則以議論為主，例如在第 7 至 8 段敘述了法海被玉皇大帝拿辦，因而躲進螃蟹中避難；第 9 段則對此事作出議論，從文辭間指出困着白娘娘的塔會倒掉，而螃蟹卻難斷種，暗示法海的行為愚蠢。既然是雜文，當然也一些抒情的地方，如第 3 段「然而我心裏仍然不舒服，仍然希望它倒掉」，透露魯迅對雷峰塔的厭惡之情；又如第 10 段「活該」一詞已透露了魯迅對法海的嘲諷情感。

另外，魯迅還運用了反問，目的是為了增強感染力，以取得讀者的認同和共鳴，如：

1. 第 5 段：「凡有田夫野老，蠶婦村氓，除了幾個腦髓裏有點貴恙的之外，可有誰不為白娘娘抱不平，不怪法海太多事的？」

2. 第6段：「白蛇自迷許仙，許仙自娶妖怪，和別人有什麼相干呢？」

3. 第 9 段：「莫非他造塔的時候，竟沒有想到塔是終究要倒的麼？」

從魯迅的作品學習過雜文的寫作特點，大家可以嘗試用夾敘夾議的方法來寫作。「你無法改變天氣，但你可以轉換心情」類似的說話常在生活中聽到，試就個人對這句說話的體會，以「快樂鑰匙」為題寫作。寫作這個題目可留意以下幾點：

1. 除了界定這句說話的意思，還應作背景交代。譬如自己平日在怎樣的情況下聽到這句話，略交代說話出現的前因後果。

2. 運用夾敍夾議的手法，在記述「你無法改變天氣，但你可以轉換心情」的相關事件後，應作出適當的議論或加入個人情感，從而帶出打開快樂之門的方法的討論。

3. 還可多運用反問在議論當中，肯定或否定「轉換心情」的可行，以達到取得共鳴的效果。

4. 題目既然談到「快樂鑰匙」，可引用梁啟超的一句名言「須知苦樂全在主觀的心，不在客觀的事」作為引證，指出快樂並不受生活處境所影響，而只是由自己去掌握的事情。

5. 也可以舉北宋著名文學家蘇軾不斷被貶官，因而要生活在落後的村落中，卻依然保持豁達的事件為例子，支持對快樂由自己掌握的看法。更可引蘇軾〈超然台記〉的文句來作佐證:「餔糟啜醨，皆可以醉;果蔬草木，皆可以飽；推此類也，吾安往而不樂？」這句指酒渣淡酒也能喝醉，蔬果粗食亦能吃得飽，因此蘇軾到哪裏都不會不快樂。

沉默 朱自清

沉默是一種處世哲學，用得好時，又是一種藝術。

段 1

誰都知道口是用來吃飯的，有人卻說是用來接吻的。我說滿沒有錯兒，但是若統計起來，口的最多的（也許不是最大的）用處，還應該是說話，我相信。按照時下流行的議論，說話大約也算是一種「宣傳」，自我的宣傳。所以說話徹頭徹尾是為自己的事。若有人一口咬定是為別人，憑了種種神聖的名字；我卻也願意讓步，請許我這樣說：說話有時的確只是間接地為自己，而直接的算是為別人！

段 2

自己以外有別人，所以要說話；別人也有別人的自己，所以又要少說話或不說話。於是乎我們要懂得沉默。你若念過魯迅先生的《祝福》，一定會立刻明白我的意思。

段 3

一般人見生人時，大抵會沉默的，但也有不少例外。常在火車輪船裏，看到有些人迫不及待似地到處向人問訊，攀談，無論那是搭客或茶房，我只有羨慕這些人的健康；因為在中國這樣旅行中，竟會不感覺一點兒疲倦！見生人的沉默，大約由於原始的恐懼，但是似乎也還有別的。假如這個生人的名字，你全然不熟悉，你所能做的工作，自然只是有意的或無意的防禦 —— 像防禦一個敵人。沉默便是最安全的防禦戰略。你不一定要他知道你，更不想讓他發現你的可笑的地方 —— 一個人總有些可笑的地方不是？—— 你只讓他儘量說他所要說的，若他是個愛說的人。末了你恭恭敬敬和他分別。假如這個生人，你願意和他做朋友，你也還是得沉默。但是得留心聽他的話，選出幾處，加以簡短的，相當的讚詞；至少也得須表示相當的同意。這就是知己的開場，或說起碼的知己也可。假如這個人是你所敬仰的或未必敬仰的「大人物」，你記住，更不可不沉默！大人物的言語，乃至臉色眼光，都有異樣的地方；你最好遠遠地坐着，讓那些勇敢的同伴上前線去。—— 自然，我說的只是你偶然地遇着或隨眾訪問大人物的時候。若你願意專誠拜謁，你得另想辦法；在我，那卻是一件可怕的事 —— 你看着大人物與非大人物或大人物與大人物間談話的情形，準可以滿足，而不用從牙縫裏迸出一個字。說話是一件費神的事，能少說或不說以及應少說或不說的時候，沉默實在是長壽之一道。至於自我宣傳，誠哉重要——誰能不承認這是重要呢？但對於生人，這是白費的；他不會領略你宣傳的旨趣，他只暗笑你的宣傳熱；他會忘記的乾乾淨淨，在和你一鞠躬或一握手以後。 段 4

朋友和生人不同，就在他們能聽也肯聽你的說話——宣傳。這不用說是交換的，但是就交換也好。他們在不同的程度下了解你，諒解你；他們對於你有了相當的趣味和禮貌。 段 5

你的話滿足他們的好奇心，他們就趣味地聽着；你的話嚴重或悲哀，他們如為禮貌的緣故，也能暫時跟着你嚴重或悲哀。在後一種情形裏，滿足的是你，他們所真感到的怕倒是矜持的氣氛。他們知道「應該」怎樣做，這其實是一種犧牲，「應該」也「值得」感謝的。但是即使在知己的朋友面前，你的話也還是不應該說得太多；同樣的故事、情感，和警句、雋語，也不宜重複的說。《祝福》就是一個好榜樣。你應該相當的節制自己，不可妄想你的話佔領朋友整個的心——你自己的心，也不會讓別人完全佔領呀。你更應該知道怎樣藏匿你自己。 段 6

只有不可知，不可得的，纔有人去追求；你若將所有的盡給了別人，你對於別人，對於世界，將沒有絲毫意義，正和醫學生實習解剖時用過的屍體一樣。那時是不可思議的孤獨，你將不能支持自己，而傾仆到無底的黑暗裏去。一個情人常喜歡說：「我願意將所有的都獻給你！」誰真知道他或她所有的是些什麼呢？第一個說這句話的人，只是表示自己的慷慨，至多也只是表示一種理想；以後跟着說的，更只是「口頭禪」而已。所以朋友間，甚至戀人間，沉默還是不可少的。你的話應該像黑夜的星星，不應該像除夕的爆竹，誰稀罕那徹宵的爆竹呢？而沉默有時更有詩意。譬如在下午，在黃昏，在深夜，在大而靜的屋子裏，短時的沉默，也許遠勝於連續不斷的倦怠了的談話。有人稱這種境界為「無言之美」，你瞧，多漂亮的名字——至於所謂「拈花微笑」那更了不起了！

段 7

可是沉默也有不行的時候。人多時你容易沉默下去，一主一客時，便不準行。你的過分沉默，也許把你的生客惹惱了，趕跑了！倘使你願意趕他，當然很好；倘使你不願意呢，你就得不時地讓他喝茶、抽煙、看畫片、讀報、聽話匣，偶然也和他談談天氣，時局——只是複述報紙的記載，加上幾個不能解決的疑問——總以引他說話為度。於是你點點頭，哼哼鼻子，時而歎歎氣，聽着。他說完了，你再給起個頭，照樣地聽着。但是我們的朋友遇見過一個生客，他是一位準大人物，因某種禮貌關係看我的朋友。他坐下時，將兩手籠起，擱在桌上。說了幾句話，就止住了，兩眼炯炯地看着我的朋友。我的朋友窘極，好容易陸陸續續地找出一句半句話來敷衍。這自然也是沉默的一種用法，是上司對屬僚保持威嚴用的。

段 8

用在一般交際裏，未免太露骨了，而在上述的情形中，不為主人留一些餘地，更屬無禮。大人物以及準大人物之可怕，正在此等處。至於應付的方法，其實倒也有，那還是沉默；只消照樣籠了手，與他對看起來，他大約也就無可奈何了罷！

段 9

導讀

阿谷

朱自清在〈沉默〉一篇開宗明義，說「沉默是一種處世哲學，用得好時，又是一種藝術。」所以，接下來，讀者都知道，朱先生要告訴我們「沉默的處世哲學」，如可能，再升高一個層次，展示給讀者「沉默的藝術」。可是，問題出在「沉默」這個詞彙本身，它是靜態的，是無聲勝有聲的。如果你訪問一位得道高僧，請教他「靜」的妙處。他點頭，然後你開動錄音機，接下來錄到的，靜默的聲音恐怕很嚇人，特別在無人獨處的晚上一個人聽着！有畫面會不會好一點？那個畫面相信不會引來多少個沉悶着的觀眾，只不過沒有那沉默的聲錄那麼嚇人罷了！

你看見差利卓別靈的所有默劇，配樂都是整套片的靈魂。魔術表現一定有背景聲效配合每個緊張的動作，不然，再精彩的表演也只能在沉默中變得枯燥無味。再美麗的煙花，如果只看見它在黑夜中的燦爛，聽不見它拔地而起的震撼，和現場觀眾的歡呼聲，看着看着，那索然無味的落寞始終是要來的。作者必得想個法子把沉默「襯托」，以聲托靜。這就是修辭上所謂的「襯托法」—— 作者用「說話」的困窘來比襯「沉默」的可貴。

第一次，作者並沒有提到「沉默」，只提到「說話」的實用意義：說話是用來自我宣傳的，說得難聽，是表現自己；說得平實，是必須的自我介紹。整段沒有提到「沉默」，如果不知道修辭學，便讓人摸不着頭腦。一旦知道襯托法，便引起讀者讀下去的興趣。既然「説話」是實用的自我表現，那麼我們又該如何理解「沉默」？

緊接着，作者用説「説話」的危險，襯托出「沉默」的好處。這個危險，特別在與陌生人談話，或者向你認識他但他不知道你的大人物介紹自己時最真實。那些不善辭令的人，與陌生人説話簡直是捏一把冷汗的辛苦、「費神」和要付出「勇氣」；所以，更覺「沉默便是最安全的防禦戰略」，「沉默實在是長壽之一道」。

再者，作者用反復陳述的説話，如何變得嘮叨的惹人討厭，來襯托出「沉默」的難能可貴，引人入勝。作者舉出一正一反的兩個例子，一個是魯迅的短篇小説《祝福》（反襯），一個是實習醫生學解剖（正襯），後面的例子確實「不可思議」！

到最後，作者將説話和沉默放在同一畫面上作個比喻，以收畫龍點睛之效：「你的話應該像黑夜的星星，不應該像除夜的爆竹，誰稀罕那徹宵的爆竹呢？而沉默有時更有詩意。譬如在下午，在黃昏，在深夜，在大而靜的屋子裏，短時的沉默，也許遠勝於連續不斷的倦怠了的談話。」

這種鋪陳與收筆，很值得學，也不難學。

寫作指引

作為一篇說明文章，最重要是清楚告訴讀者一項事實、一個道理，但在說明的過程中，一般很容易給人沉悶之感。然而，朱自清的〈沉默〉卻用了非常幽默的語調，令人讀起來印象深刻，亦心悅誠服。例如將說話視作「自我宣傳」，且指出即使為了別人而說話，也「只是間接地為自己，而直接的算是為別人」。

朱自清又會將想說的道理通過比喻說理帶出，在第 4 段中，將沉默比作「最安全的防禦戰略」，又把與大人物說話當作打仗，寫下「你最好遠遠地坐着，讓那些勇敢的同伴上前線去」，用一個戰爭作為比喻前後有所連接，把說話的場合視作戰場，說明了沉默在不同場合中的作用。這樣通過比喻說理的方式，不但令道理易於理解，更為文章添加了幽默感。

本文另一個值得欣賞的地方是結構綿密，朱自清想說明的道理在第一段中已交代——「沉默是一種處世哲理，用得好時，又是一種藝術」，其後再逐層深入地說明這個道理。首先在第 2 段說出口的大多數用途就是說話，且說話是為自我宣傳。然後第 3 至 4 段說明在不同場合面對陌生人時，該如何適當地運用沉默來防禦自己。第 5 至 6 段則說明與朋友、戀人相處同樣需要沉默，以避免惹人煩厭，使人不稀罕。第 8 段指出沉默也有行不通的情況，就是一主一客時沒話說可能會趕跑客人。第 9 段承接前段，申述面對把自己當作上司般的人，也只能利用沉默來應付。

朱自清的〈沉默〉彷彿在支持中國傳統的一項主張——沉默是金，

沉默似乎現在已欠缺支持，大眾改為支持發聲，不過朱自清的筆調之風趣卻使人信服。探討沉默和說話的問題，就令人想到《論語》記載的「敏於事，慎於言」，大家可以個人對這句名言的體悟，用「慎言」為題來寫作，引用到文章中，寫作時不妨考慮以下幾點：

1. 審題時要注意，題目既然是「慎言」，對應的主要是「慎於言」，所以討論時集中在慎言方面，「敏於事」的討論則為次要，份量應相對較少。

2. 仿傚朱自清的寫作結構，首先在第 1 段清楚建立自己對慎言的態度和看法，如同意或反對，以作為文章的核心觀點。

3. 第 2 段說明「敏於事，慎於言」這句名言的意思。因為題目是強調對「敏於事，慎於言」的個人體悟，所以應定義這句話的意思，意思指勤奮努力地做事，謹慎地說話，跟我們常說的「少說話多做事」是異曲同工的。

4. 之後逐一說明為何需要「慎言」，舉出生活中各種不同的事來解釋，例如在大眾爭吵時應否慎言；遭遇不公平之事要如何慎言；在工作上是否該少說話多做事；不慎言將有何後果等，以協助說明自己的觀點。

5. 為了令文章更添幽默感，在說明時嘗試構思一個比喻來說明「敏於事，慎於言」的道理，如把慎言與否比喻為謹慎飲食，小心飲食可以帶來健康，避免吃壞肚皮的風險，用以說明慎言可免於說錯話而惹禍。

6. 還可以引用《論語》中另一句名言：「子曰：『巧言令色，鮮矣仁！』」意思是滿口花言巧語、愛掛着諂媚悅人臉色的人，很少有仁愛、仁德的。從而指出為何要「慎於言」，「慎於言」的人較花言巧語的人優勝。

論氣節　朱自清

氣節是我國固有的道德標準，現代還用着這個標準來衡量人們的行為，主要的是所謂讀書人或士人的立身處世之道。但這似乎只在中年一代如此，青年代倒像不大理會這種傳統的標準，他們在用着正在建立的新的標準，也可以叫做新的尺度。中年代一般的接受這傳統，青年代卻不理會它，這種脫節的現象是這種變的時代或動亂時代常有的。因此就引不起什麼討論。直到近年，馮雪峰先生才將這標準這傳統作為問題提出，加以分析和批判；這是在他的《鄉風與市風》那本雜文集裏。

段 1

馮先生指出「士節」的兩種典型：一是忠臣，一是清高之士。他說後者往往因為脫離了現實，成為「為節而節」的虛無主義者，結果往往會變了節。他卻又說「士節」是對人生的一種堅定的態度，是個人意志獨立的表現。因此也可以成就接近人民的叛逆者或革命家，但是這種人物的造就或完成，只有在後來的時代，例如我們的時代。馮先生的分析，筆者大體同意；對這個問題筆者近來也常常加以思索，現在寫出自己的一些意見，也許可以補充馮先生所沒有說到的。

段 2

氣和節似乎原是兩個各自獨立的意念。《左傳》上有「一鼓作氣」的話，是說戰鬥的。後來所謂「士氣」就是這個氣，也就是「鬥志」；這個「士」指的是武士。孟子提倡的「浩然之氣」，似乎就是這個氣的轉變與擴充。他說「至大至剛」，說「養勇」，都是帶有戰鬥性的。「浩然之氣」是「集義所生」，「義」就是「有理」或「公道」。後來所謂「義氣」，意思要狹隘些，可也算是「浩然之氣」的分支。現在我們常說的「正義感」，雖然特別強調現實，似乎也還可以算是跟「浩然之氣」聯繫着的。至於文天祥所歌詠的「正氣」，更顯然跟「浩然之氣」一脈相承。不過在筆者看來兩者卻並不完全相同，文氏似乎在強調那消極的節。

段 3

節的意念也在先秦時代就有了，《左傳》裏有「聖達節，次守節，下失節」的話。古代注重禮樂，樂的精神是「和」，禮的精神是「節」。禮樂是貴族生活的手段，也可以說是目的。他們要定等級，明分際，要有穩固的社會秩序，所以要

「節」，但是他們要統治，要上統下，所以也要「和」。禮以「節」為主，可也得跟「和」配合着；樂以「和」為主，可也得跟「節」配合着。節跟和是相反相成的。明白了這個道理，我們可以説所謂「聖達節」等等的「節」，是從禮樂裏引申出來成了行為的標準或做人的標準；而這個節其實也就是傳統的「中道」。按説「和」也是中道，不同的是「和」重在合，「節」重在分；重在分所以重在不犯不亂，這就帶上消極性了。

段 4

向來論氣節的，大概總從東漢末年的黨禍起頭。那是所謂處士橫議的時代。在野的士人紛紛的批評和攻擊宦官們的貪污政治，中心似乎在太學。這些在野的士人雖然沒有嚴密的組織，卻已經在聯合起來，並且博得了人民的同情。宦官們害怕了，於是乎逮捕拘禁那些領導人。這就是所謂「黨錮」或「鈎黨」，「鈎」是「鈎連」的意思。從這兩個名稱上可以見出這是一種羣眾的力量。那時逃亡的黨人，家家願意收容着，所謂「望門投止」，也可以見出人民的態度，這種黨人，大家尊為氣節之士。氣是敢作敢為，節是有所不為——有所不為也就是不合作。這敢作敢為是以集體的力量為基礎的，跟孟子的「浩然之氣」與世俗所謂「義氣」只注重領導者的個人不一樣。後來宋朝幾千太學生請願罷免奸臣，以及明朝東林黨的攻擊宦官，都是集體運動，也都是氣節的表現。但是這種表現裏似乎積極的「氣」更重於消極的「節」。

段 5

在專制時代的種種社會條件之下，集體的行動是不容易表現的，於是士人的立身處世就偏向了「節」這個標準。在朝的要做忠臣。這種忠節或是表現在冒犯君主尊嚴的直諫上，有時因此犧牲性命；或是表現在不做新朝的官甚至以身殉國上。忠而至於死，那是忠而又烈了。在野的要做清高之士，這種人表示不願和在朝的人合作，因而游離於現實之外；或者更逃避到山林之中，那就是隱逸之士了。這兩種節，忠節與高節，都是個人的消極的表現。忠節至多造就一些失敗的英雄，高節更只能造就一些明哲保身的自了漢，甚至於一些虛無主義者。原來氣是動的，可以變化。我們常說志氣，志是心之所向，可以在四方，可以在千里，志和氣是配合着的。節卻是靜的，不變的；所以要「守節」，要不「失節」。有時候節甚至於是死的，死的節跟活的現實脱了榫，於是乎自命清高的人結果變了節，馮雪峰先生論到周作人，就是眼前的例子。從統治階級的立場看，「忠言逆耳利於行」，忠臣到底是衞護着這個階級的，而清高之士消納了叛逆者，也是有利於這個階級的。所以宋朝人説「餓死事小，失節事大」，原先説的是女人，後來也用來説士人，這正是統治階級代言人的口氣，但是也表示着到了那時代士的個人地位的增高和責任的加重。

段6

「士」或稱為「讀書人」，是統治階級最下層的單位，並非「幫閒」。他們的利害跟君相是共同的，在朝固然如此，在野也未嘗不如此。固然在野的處士可以不受君臣名分的束縛，可以「不事王侯，高尚其事」，但是他們得吃飯，這飯恐怕還得靠農民耕給他們吃，而這些農民大概是屬於他們做官的祖宗的遺產的。「躬耕」往往是一句門面話，就是偶然有個把真正躬耕的如陶淵明，精神上或意識形態上也還是在負着天下興亡之責的士，陶的《述酒》等詩就是證據。可見處士雖然有時橫議，那只是自家人吵嘴鬧架，他們生活的基礎一般的主要的還是在農民的勞動上，跟君主與在朝的大夫並無兩樣，而一般的主要的意識形態，彼此也是一致的。

段 7

然而士終於變質了，這可以說是到了民國時代纔顯著。從清朝末年開設學校，教員和學生漸漸加多，他們漸漸各自形成一個集團；其中有不少的人參加革新運動或革命運動，而大多數也傾向着這兩種運動。這已是氣重於節了。等到民國成立，理論上人民是主人，事實上是軍閥爭權。這時代的教員和學生意識着自己的主人身分，游離了統治的軍閥；他們是在野，可是由於軍閥政治的腐敗，卻漸漸獲得了一種領導的地位。他們雖然還不能和民眾打成一片，但是已經在漸漸的接近民眾。五四運動劃出了一個新時代。自由主義建築在自由職業和社會分工的基礎上。教員是自由職業者，不是官，也不是候補的官。學生也可以選擇多元的職業，不是只有做官一路。他們於是從統治階級獨立，不再是「士」或所謂「讀書人」，而變成了「知識分子」，集體的就是「知識階級」。殘餘的「士」或「讀書人」自然也還有，不過只是些殘餘罷了。這種變質是中國現代化的過程的一段，而中國的知識階級在這過程中也曾盡了並且還在想盡他們的任務，跟這時代世界上別處的知識階級一樣，也分享着他們一般的運命。若用氣節的標準來衡量，這些知識分子或這個知識階級開頭是氣重於節，到了現在卻又似乎是節重於氣了。

段 8

知識階級開頭憑着集團的力量勇猛直前，打倒種種傳統，那時候是敢作敢為一股氣。可是這個集團並不大，在中國尤其如此，力量到底有限，而與民眾打成一片又不容易，於是碰到集中的武力，甚至加上外來的壓力，就抵擋不住。而一方面廣大的民眾抬頭要飯吃，他們也沒法滿足這些飢餓的民眾。他們於是失去了領導的地位，逗留在這夾縫中間，漸漸感覺着不自由，鬧了個「四大金剛懸空八隻腳」。他們於是只能保守着自己，這也算是節罷；也想緩緩的落下地去，可是氣不足，得等着瞧。可是這裏的是偏於中年一代。青年代的知識分子卻不如此，他們無視傳統的「氣節」，特別是那種消極的「節」，替代的是「正義感」，接着「正義感」的是「行動」，其實「正義感」是合併了「氣」和「節」，「行動」還是「氣」。這是他們的新的做人的尺度。等到這個尺度成為標準，知識階級大概是還要變質的罷？

段 9

周淑屏

談到〈論氣節〉這篇議論文，我們首先來讀讀它的第 1 段，這裏用了什麼方法去開始議論呢？

從前的中文科老師教導過，這是「解釋論題」的方法，有時我們要探討的課題有點複雜、艱深，就有必要在文章的開首為讀者先解釋一下。譬如，如本文所論，到底「氣節」是什麼？青少年朋友中有些是不大明瞭的，那就有解釋一下的必要。

又如如果你現在要寫一篇探討「安樂死」在香港應否合法化的文章，但「安樂死」到底是什麼呢？有些人是不知道的，這就有解釋的必要。

有時候未必是複雜、艱深的概念，我們才需要解釋，就如我們要寫一篇「談禮貌」，「禮貌」大多數人都知道是什麼吧？但如果我們在文章開首先下定義、收窄範圍，講下去就更容易了。

不如現在就試試以「安樂死」或「禮貌」的題目，用「解釋論題」的方法，練習寫文章的第 1 段吧！

本文中運用了語例和史例等論據，請你嘗試舉出其中兩句語例。至於史例方面，作者舉出了東漢末年黨錮之禍的歷史，道出這些「氣節之士」所表現的氣節的用意。有興趣的話，你可翻查一下這歷史事件的詳情。

新生活　胡適

哪樣的生活可以叫做新生活呢？我想來想去，只有一句話。新生活就是有意思的生活。你聽了，必定要問我，有意思的生活又是什麼樣子的生活呢？我且先說一兩件實在的事情做個樣子，你就明白我的意思了。

段 1

前天你沒有事做，閒的不耐煩了，你跑到街上的一個酒店裏，打了四兩白乾，喝完了，又要四兩，再添上四兩。喝得大醉了，同張大哥吵了一回嘴，幾乎打起架來。後來李四哥來把你拉開，你氣忿忿地又要了四兩白乾，喝的人事不知，幸虧李四哥把你扶回去睡了。昨兒早上，你酒醒了，大嫂子把前天的事告訴你，你懊悔的很，自己埋怨自己：「昨兒為什麼要喝那麼多酒呢？可不是糊塗嗎？」

段 2

你趕上張大哥家去，作了許多揖，賠了許多不是，自己怪自己糊塗，請張大哥大量包涵。正說時，李四哥也來了，王三哥也來了。他們三缺一，要你陪他們打牌。你坐下來，打了十二圈牌，輸了一百多吊錢。你回得家來，大嫂子怪你不該賭博，你又懊悔的很，自己怪自己道：「是呵，我為什麼要陪他們打牌呢？可不是糊塗嗎？」

段 3

諸位，像這樣子的生活，叫做糊塗生活，糊塗生活便是沒有意思的生活。你做完了這種生活，回頭一想，「我為什麼要這樣幹呢？」你自己也回答不出究竟為什麼。

段 4

諸位，凡是自己說不出「為什麼這樣做」的事，都是沒有意思的生活。反過來說，凡是自己說得出「為什麼這樣做」的事，都可以說是有意思的生活。

段 5

生活的「為什麼」，就是生活的意思。

段 6

人同畜牲的分別，就在這個「為什麼」上。你到萬牲園裏去看那白熊一天到晚擺來擺去不肯歇，那就是沒有意思的生活。我們做了人，應該不要學那些畜牲的生活。畜牲的生活只是糊塗，只是胡混，只是不曉得自己為什麼如此做。一個人做段 7 的事應該件件回得出一個「為什麼」。

我為什麼要幹這個？為什麼不幹那個？回答得出，方才可
段 8 算是一個人的生活。

我們希望中國人都能做這種有意思的新生活。其實這種新生活並不十分難，只消時時刻刻問自己為什麼這樣做，為什麼
段 9 不那樣做，就可以漸漸的做到我們所說的新生活了。

諸位，千萬不要說「為什麼」這三個字是很容易的小事。你打今天起，每做一件事，便問一個為什麼——為什麼不把辮子剪了？為什麼不把大姑娘的小腳放了？為什麼大嫂子臉上搽那麼多的脂粉？為什麼出棺材要用那麼多叫化子？為什麼娶媳婦也要用那麼多叫化子？為什麼罵人要罵他的爹媽？為什麼這個？為什麼那個？——你試辦一兩天，你就會覺得這三個字的
段 10 趣味真是無窮無盡，這三個字的功用也無窮無盡。

段 11 諸位，我們恭恭敬敬地請你們來試試這種新生活。

導讀

阿谷

胡適自己「親筆」承認，早年生活，的確有過一段醉生夢死的日子。像〈新生活〉描述的活死人「你」，可以寫得如此生動，一是胡適身邊就有很多個這樣的「你」給他做了不少的示範；一是「你」就是胡適本人曾經嘗試過的生活，絕不是憑空杜撰。

其實大部分的人都走過一段這樣或那樣的頹廢生活，如果你將你的經驗拿出來說一說，保管會有一張兩張嘴來回應：「我也是這樣，唉，我曾經……」可能，「白干」換成「打機」，「打牌」改作「落 D」……

到了什麼時候才會像《聖經》中的浪子醒悟過來？倒不是千金散盡，走頭無路，而是連自己也過意不去，不滿意自己，正如胡適所說的「凡是自己說不出『為什麼這樣做』的事，都是沒有意思的生活。」一下子來個大翻身，把老我推出去，尋求改變，一洗頹氣，要讓自己煥然一新。

接着下來，胡適用正反手法說出「新生活」的意義。相對於爛生活，什麼才是健康有意思的生活？那就是「自己說得出『為什麼這樣做』的事，都可以說有意思的生活。」——「我為什麼要幹這個？為什麼不幹那個？回答得出，方才可算是一個人的生活。」這個道理，是胡適的實踐經驗，一天，當他醒悟過來，不想再爛下去了，便發憤生活，學習杜威，學習赫胥黎，要把從前虛度了的光陰都補償回來。後來他學有所成，成為中國文明前進不可或缺的明燈時，便曾說過：「不作無益事，一日是三日。人活五十年，我活百五十。……吾輩已返，爾等且拭目以待！」

這篇文章寫於 1919 年 8 月，是為一本《新生活》雜誌的創刊而寫的，亦可以視為「五四」運動的一種推動和示範。文章結束時，胡適提出了呼籲：「諸位，我們恭恭敬敬的請你們來試試這種新生活。」中國人千年的生活文化、中國人的劣根性是有目共睹的，胡適非常清楚，必須下個決心，用羣體的動力來彼此立志，互相鞭策方能成事。因此，1934 年，當蔣介石推出「新生活運動」，胡適立刻撰文批評，使人感覺愕然，有點摸不着頭腦，不是在響應你的號召嗎？

即便不是殊途同歸，也不至於視如陌路啊。唉，中國人呀中國人！

寫作指引

〈新生活〉只是一篇短短的文章，用簡單文句就能帶出所說觀點，且令人不覺沉悶，主要是運用了一種手法——設問。

設問這種自問自答的手法，通過提問能夠令人提起興趣，引發讀者思考，又能夠令條理清晰，所以論說的文類經常運用。胡適在〈新生活〉開頭的部分就運用設問，以確立自己討論的新生活的意思——有意思的生活，吸引讀者往下追看：

「哪樣的生活可以叫做新生活呢？我想來想去，只有一句話。新生活就是有意思的生活。你聽了，必定要問我，有意思的生活又是什麼樣子的生活呢？我且先說一兩件實在的事情做個樣子，你就明白我的意思了。」

其後作者對話題中的抽象概念——「有意思」作出界定，第 2 至 3 段中作者舉出生活事例解說：喝醉打架後忘記事情和打牌輸錢的兩件錯事，指出什麼是糊塗沒意思的生活。相反，有意思的生活是可以反問自己「為什麼」而能得到答案的。清楚分辨有意思的生活和糊塗沒意思的生活之別，然後就能按此定義作出明確的討論。

學習過新生活的寫作方法後，嘗試以「性格決定命運」為題來寫作一篇議論文，方法可參考以下幾點：

1. 開頭可運用設問，提問性格和命運的關係，引發讀者思考，然後以個人觀點作回答，引出議論話題。

2. 運用界定題目的方法，對題目中的「性格」一詞作定義，指出性格與興趣、習慣等之分別，並舉生活事例以助解說。

3. 在討論性格的話題時，可以運用《論語》中的語例幫助議論：「子曰：『見賢思齊焉，見不賢而內自省也。』」這句的意思是見到賢德的人，會向其學習，希望與他看齊；見到不賢的人就會反省自己有否類似的不當行為。用此證明性格經過反省和學習能否改變，從而令性格影響遭遇的程度減少或增加。

學問之趣味　梁啟超

論說文

我是個主張趣味主義的人：倘若用化學化分「梁啟超」這件東西，把裏頭所含一種元素名叫「趣味」的抽出來，只怕所剩下僅有個零了。我以為：凡人必常常生活於趣味之中，生活才有價值。若哭喪着臉捱過幾十年，那麼，生命便成沙漠，要來何用？中國人見面最喜歡用的一句話：「近來作何消遣？」這句話我聽着便討厭。話裏的意思，好像生活得不耐煩了，幾十年日子沒有法子過，勉強找些事情來消他遣他。一個人若生活於這種狀態之下，我勸他不如早日投海！我覺得天下萬事萬物都有趣味，我只嫌二十四點鐘不能擴充到四十八點，不夠我享用。我一年到頭不肯歇息，問我忙什麼？忙的是我的趣味。

我以為這便是人生最合理的生活，我常常想運動別人也學我這樣生活。

段 1

凡屬趣味，我一概都承認他是好的，但怎麼樣才算「趣味」，不能不下一個注腳。我說：「凡一件事做下去不會生出和趣味相反的結果的，這件事便可以為趣味的主體。」賭錢趣味嗎？輸了怎麼樣？吃酒趣味嗎？病了怎麼樣？做官趣味嗎？沒有官做的時候怎麼樣？⋯⋯諸如此類，雖然在短時間內像有趣味，結果會鬧到俗語說的「沒趣一齊來」，所以我們不能承認他是趣味。凡趣味的性質，總要以趣味始以趣味終。所以能為趣味之主體者，莫如下列的幾項：一，勞作；二，遊戲；三，藝術；四，學問。諸君聽我這段話，切勿誤會以為：我用道德觀念來選擇趣味。我不問德不德，只問趣不趣。我並不是因為賭錢不道德才排斥賭錢，因為賭錢的本質會鬧到沒趣，鬧到沒趣便破壞了我的趣味主義，所以排斥賭錢；我並不是因為學問是道德才提倡學問，因為學問的本質能夠以趣味始以趣味終，最合於我的趣味主義條件，所以提倡學問。

段 2

學問的趣味，是怎麼一回事呢？這句話我不能回答。凡趣味總要自己領略，自己未曾領略得到時，旁人沒有法子告訴你。佛典說的：「如人飲水，冷暖自知。」你問我這水怎樣的冷，我便把所有形容詞說盡，也形容不出給你聽，除非你親自嗑一口。我這題目 —— 學問之趣味，並不是要説學問如何如何的有趣味，只要如何如何便會嘗得着學問的趣味。

段 3

諸君要嘗學問的趣味嗎？據我所經歷過的有下列幾條路應走：

段 4

第一，「無所為」（為讀去聲）：趣味主義最重要的條件是「無所為而為」。凡有所為而為的事，都是以別一件事為目的而以這件事為手段；為達目的起見勉強用手段，目的達到時，手段便拋卻。例如學生為畢業證書而做學問，著作家為版權而做學問，這種做法，便是以學問為手段，便是有所為。有所為雖然有時也可以為引起趣味的一種方面，但到趣味真發生時，必定要和「所為者」脱離關係。你問我「為什麼做學問？」我便答道：「不為什麼。」再問，我便答道：「為學問而學問。」或者答道：「為我的趣味。」諸君切勿以為我這些話掉弄玄虛；人類合理的生活本來如此。小孩子為什麼遊戲？為遊戲而遊戲；人為什麼生活？為生活而生活。為遊戲而遊戲，遊戲便有趣；為體操分數而遊戲，遊戲便無趣。

段 5

第二，不息：「鴉片煙怎樣會上癮？」「天天吃。」「上癮」這兩個字，和「天天」這兩個字是離不開的。凡人類的本能，只要那部分隔久了不用，他便會麻木會生銹。十年不跑路，兩條腿一定會廢了；每天跑一點鐘，跑上幾個月，一天不得跑時，腿便發癢。人類為理性的動物，「學問欲」原是固有本能之一種；只怕你出了學校便和學問告辭，把所有經管學問的器官一齊打落冷宮，把學問的胃弄壞了，便山珍海味擺在面前也不願意動筷子。諸君啊！諸君倘若現在從事教育事業或將來想從事教育事業，自然沒有問題，很多機會來培養你學問胃口。若是做別的職業呢？我勸你每日除本業正當勞作之外，最少總要騰出一點鐘，研究你所嗜好的學問。一點鐘哪裏不消耗了？千萬別要錯過，鬧成「學問胃弱」的徵候，白白自己剝奪了一種人類應享之特權啊！

段 6

第三，深入的研究：趣味總是慢慢的來，愈引愈多；像倒吃甘蔗，愈往下才愈得好處。假如你雖然每天定有一點鐘做學問，但不過拿來消遣消遣，不帶有研究精神，趣味便引不起來。或者今天研究這樣明天研究那樣，趣味還是引不起來。趣味總是藏在深處，你想得着，便要入去。這個門穿一穿，那個窗户張一張，再不會看見「宗廟之美，百官之富」，如何能有趣味？我方才說：「研究你所嗜好的學問」，嗜好兩個字很要緊。一個人受過相當的教育之後，無論如何，總有一兩門學問和自己脾胃相合，而已經懂得大概可以作加工研究之預備的。請你就選定一門作為終身正業（指從事學者生活的人說）或作為本業勞作以外的副業（指從事其他職業的人說）。不怕範圍窄，愈窄愈便於聚精神；不怕問題難，愈難愈便於鼓勇氣。你只要肯一層一層的往裏面追，我保你一定被他引到「欲罷不能」的地步。

段 7

第四，找朋友：趣味比方電，愈摩擦愈出。前兩段所說，是靠我本身和學問本身相摩擦；但仍恐怕我本身有時會停擺，發電力便弱了，所以常常要仰賴別人幫助。一個人總要有幾位共事的朋友，同時還要有幾位共學的朋友。共事的朋友，用來扶持我的職業；共學的朋友和共玩的朋友同一性質，都是用來摩擦我的趣味。這類朋友，能夠和我同嗜好一種學問的自然最好，我便和他研究。即或不然——他有他的嗜好，我有我的嗜好，只要彼此都有研究精神，我和他常常在一塊或常常通信，便不知不覺把彼此趣味都摩擦出來了。得着一兩位這種朋友，便算人生大幸福之一。我想只要你肯找，斷不會找不出來。

段 8

我說的這四件事，雖然像是老生常談，但恐怕大多數人都不曾會這樣做。唉！世上人多麼可憐啊！有這種不假外求不會蝕本不會出毛病的趣味世界，竟自沒有幾個人肯來享受！古書說的故事「野人獻曝」，我是嘗冬天曬太陽的滋味嘗得舒服透了，不忍一人獨享，特地恭恭敬敬的來告訴諸君。諸君或者會欣然採納吧？但我還有一句話：太陽雖好，總要諸君親自去曬，旁人卻替你曬不來。

段 9

阿谷

這是一篇簡易淺顯的論說文章。由梁啟超來說學問的趣味，重點既在學問，也在趣味。立論要達到的目的，是要大家認同做學問是一件十分有興味的事情，值得我們培養成為生活的樂趣。

如果寫得不好，這個題目不但不生發趣味之餘，反而十分的乏味，所以，不說你不知道，飲冰室主人是下過功夫的。首先，文章寫的十分淺白。或者你以為，寫淺白文章還不容易，寫深奧文章才有難度呢！這樣說好像極合邏輯，不過，這位作者是有大學問的梁啟超啊！要他寫一篇淺白的文章，不是能不能的問題，而是肯不肯！有些成了名的大作家，你邀請他寫一本幼兒園課本，或許他會覺得十分為難。又或者，請一位鋼琴家演奏一曲*Jingle Bell*，就更加強人所難了。

所以，梁啟超要來寫「學問之趣味」寫得市井，首先就要戰勝自己的心理關口——有不少大學問家等着來品評他的文章啊！所以，真有點難度的。

第二個難度，是梁啟超身處的年代，正值新舊文學交替的年代，投身文藝創作的，都要馬上學習西方文學創作理論，都要趕時尚寫白話文。但文章寫了那麼多年，不是你說改便改，說調整就能調整，一枝用慣了的筆也有不聽使喚的時候。例如，我可能冒犯了，魯迅的白話文就寫得半新不舊，小説當然沒得説，論説文呢，真的有點讓讀者辛苦呢！所以，寫〈學問之趣味〉的梁任公，令人眼前一亮，當真下過功夫。我忽然想起《聖經》中的保羅，他就曾説過在什麼人當中就作什麼人，其實，寫文章也一樣，如果只是自説自話，寫好了袪起來獨自陶醉，不如省回筆墨更乾淨。

既然要説「趣味」，作者就豁出去——一落筆，先拿自己來開玩笑：「倘若用化學化分『梁啟超』這件東西，把裏頭所含一種元素名叫『趣味』的抽出來，只怕所剩下僅有個零了。」一下子跟讀者拉近了距離，再寫下去便沒有什麼顧忌了。

下面作者所説的，如何培養學問的趣味，都很具體和實際，層次亦分明。單是第二段對「趣味」下的註腳——定義——倒有犯駁的地方。其實但凡寫論説文，要為議題定義或設討論範圍，最好就是問啞老師——辭典。寫文章，真的要經常翻字典、辭典，虛心受教，亦是做學問的趣味，不能天馬行空！

寫作指引

梁啟超的〈敬業與樂業〉是不少學生念過的議論文經典之作，從〈敬業與樂業〉就已令人驚訝梁啟超善用議論技巧寫作。〈學問之趣味〉也同樣具備這種特點，這裏就分別用了四種常見的論證手法。

第一種是演繹論證。在第 2 段中，指出作為前提的趣味原則是「凡趣味的性質，總要以趣味始以趣味終」，只有合乎此原則的才是趣味，因此得出四項能產生趣味之事：「一，勞作；二，遊戲；三，藝術；四，學問」。

第二種是舉例論證。作者圍繞議論話題選擇貼切的事例，如第 5 段中指出以學問為手段的「有所為而為」的情況，並引生活事例為證，再加以分析：「學生為畢業證書而做學問，著作家為版權而做學問」。

第三種是較為複雜的類比論證，類比通常是選取與討論道理性質相似的事件處境，以類比推出兩種處境應有相同結果。在第 7 段中，運用了類比來論證不深入研究學問得不到趣味的道理：

「這個門穿一穿，那個窗户張一張，再不會看見『宗廟之美，百官之富』，如何能有趣味？」

第四種是跟類比容易混淆的比喻論證，比喻論證運用起來通常是因為事理抽象，所以通過一件具體事物作打比方的形式來把抽象道理表達出來。作者在第 8 段就運用了這個技巧，以趣味比喻為電，解釋尋求趣味為何要交朋友：

「趣味比方電，愈摩擦愈出。前兩段所說，是靠我本身和學問本身相摩擦；但仍恐怕我本身有時會停擺，發電力便弱了。」

閱讀過〈學問之趣味〉，得到一籮筐的好技巧，就該嘗試運用出來。大家可以用「閱讀的趣味」為題寫作議論文。寫作前宜先對現在的閱讀情況、發展有了解，並可以此為引入主題的部分，譬如說現在常說閱讀風氣低，其實只是大家不懂閱讀的樂趣。在文章開首部分先建立自己對閱讀的看法，表達閱讀能帶來趣味。之後可仿傚梁啟超運用演繹、舉例、類比和比喻論證手法，證明閱讀的樂趣。例如用演繹論證指出閱讀必定能帶來趣味這個前提，然後論證出閱讀小說、雜誌、散文、繪本等不同書籍都能有趣味。又可運用舉例論證，指出閱讀各類書籍時可獲得各種不同的樂趣，如增廣見聞、調節心情、滿足好奇等。梁啟超運用的手法眾多，可視乎情況需要加入，這裏就不多說。閱讀的趣味有很多，這裏再提供一些語例、事例作材料，以協助寫作：

1. 出自南宋詩人陸游的〈勸勉聯〉說：「書到用時方恨少」這名句，可以用來指出閱讀書籍有必要性、實用性，這些必要性和實用性為我們解決生活困難，令我們生活美滿，同樣是樂趣的一種。

2. 北宋皇帝宋真宗〈勸學詩〉中的名句：「書中自有黃金屋，書中自有顏如玉」，意思是指念書能得到名成利就的前景，可引用來證明有些人是以閱讀書籍為手段，成功之後或會放棄閱讀，這樣的行為未必能真正體會到閱讀的趣味。

最苦與最樂　梁啟超

人生什麼事最苦呢？貧嗎？不是。失意嗎？不是。老嗎？死嗎？都不是。我説人生最苦的事，莫苦於身上背着一種未了的責任。人若能知足，雖貧不苦；若能安分（不多作分外希望），雖然失意不苦；老、死乃人生難免的事，達觀的人看得很平常，也不算什麼苦。獨是凡人生在世間一天，便有一天應該的事。該做的事沒有做完，便像是有幾千斤重擔子壓在肩頭，再苦是沒有的了。為什麼呢？因為受那良心責備不過，要逃躲也沒處逃躲呀！

段 1

答應人辦一件事沒有辦，欠了人的錢沒有還，受了人的恩惠沒有報答，得罪了人沒有賠禮，這就連這個人的面也幾乎不敢見他；縱然不見他的面，睡裏夢裏，都像有他的影子來纏着我。為什麼呢？因為覺得對不住他呀！因為自己對他的責任，還沒有解除呀！不獨是對於一個人如此，就是對於家庭、對於社會、對於國家，乃至對於自己，都是如此。凡屬我受過他好處的人，我對於他便有了責任。凡屬我應該做的事，而且力量能夠做得到的，我對於這件事便有了責任。凡屬我自己打主意要做一件事，便是現在的自己和將來的自己立了一種契約，便是自己對於自己加一層責任。有了這責任，那良心便時時刻刻監督在後頭，一日應盡的責任沒有盡，到夜裏頭便是過的苦痛日子；一生應盡的責任沒有盡，便死也帶着苦痛往墳墓裏去。這種苦痛卻比不得普通的貧、病、老、死，可以達觀排解得來。所以我說人生沒有苦痛便罷，若有苦痛，當然沒有比這個加重的了。

段 2

翻過來看，什麼事最快樂呢？自然責任完了，算是人生第一件樂事。古語說得好：「如釋重負」；俗語亦說是：「心上一塊石頭落了地」。人到這個時候，那種輕鬆愉快，直是不可以言語形容。責任愈重大，負責的日子愈久長，到責任完了時，海闊天空，心安理得，那快樂還要加幾倍哩！大抵天下事從苦中得來的樂才算真樂。人生須知道有負責任的苦處，才能知道有盡責任的樂處。這種苦樂循環，便是這有活力的人間一種趣味。卻是不盡責任，受良心責備，這些苦都是自己找來的。

一翻過去，處處盡責任，便處處快樂；時時盡責任，便時時快樂。快樂之權，操之在己。孔子所以說：「無入而不自得」，正
段 3 是這種作用。

然則為什麼孟子又說：「君子有終身之憂」呢？因為愈是聖賢豪傑，他負的責任愈是重大；而且他常要把這種種責任來攬在身上，肩頭的擔子從沒有放下的時節。曾子還說哩：「任重而道遠」，「死而後已，不亦遠乎？」那仁人志士的憂民憂國，那諸聖諸佛的悲天憫人，雖說他是一輩子感受苦痛，也都可以。但是他日日在那裏盡責任，便日日在那裏得苦中真樂，
段 4 所以他到底還是樂，不是苦呀！

有人說：「既然這苦是從負責任而生的，我若是將責任卸卻，豈不是就永遠沒有苦了嗎？」這卻不然，責任是要解除了才沒有，並不是卸了就沒有。人生若能永遠像兩三歲小孩，本來沒有責任，那就本來沒有苦。到了長成，責任自然壓在你的肩頭上，如何能躲？不過有大小的分別罷了。盡得大的責任，就得大快樂；盡得小的責任，就得小快樂。你若是要躲，倒是
段 5 自投苦海，永遠不能解除了。

周淑屏

在〈最苦與最樂〉這文章中，一開首作者就問了一連串問題，而且自問自答：

「人生什麼事最苦呢？貧嗎？不是。失意嗎？不是。老嗎？死嗎？都不是。我說人生最苦的事，莫苦於身上背着一種未了的責任。」

這是用了「提出疑問」的開頭方法，一開始便提出了人生中許多人引以為苦的事，引發讀者的思考。故弄玄虛一輪，引起了讀者的好奇心後，他才說出自己的答案。這種開頭方法可引起讀者的懸念，引發他們思考，令他們有看下去的好奇。

不如簡單用「飼養寵物的利弊」為題，請你嘗試一下用「提出疑問」的方法寫第 1 段。譬如，你可以問：你喜歡養寵物嗎？你養過什麼寵物？你每天為你的寵物花多少時間……

然後，我們再來談談議論文中的「駁論」。在本文的末段，作者指出有些人認為把責任推卸了就不會苦，他以有力的反駁作全文總結。

你在寫作議論文時也有運用「駁論」嗎？就如上面的作文題目，如果你在文中認為飼養寵物是有許多好處的，但亦有人會指出它的壞處，請你就此寫一段「駁論」以反駁別人指出的壞處吧！

為學與做人　梁啟超

諸君！我在南京講學將近三個月了。這邊蘇州學界裏頭，有好幾回寫信邀我，可惜我在南京是天天有功課的，不能分身前來。今天到這裏，能夠和全城各校諸君同聚一堂，令我感激得很。但有一件，還要請諸君原諒：因為我一個月以來，都帶着些病，勉強支持，今天不能作很長的講演，恐怕有負諸君的期望哩。

段 1

問諸君：「為什麼進學校？」我想人人都會眾口一辭的答道：「為的是求學問。」再問：「你為什麼要求學問？」「你想學些什麼？」恐怕各人答案就很不相同；或者竟自答不出來了。諸君啊！我替你們總答一句吧：「為的是學做人。」你在學校裏頭學的數學、幾何、物理、化學、生理、心理、歷史、地理、國文、英語，乃至什麼哲學、文學、科學、政治、法律、經濟、教育、農業、工業、商業等等，不過是做人所需要的一種手段，不能說專靠這些便達到做人的目的。任憑你那些件件學得精通，你能夠成個人不能成個人，還是另一個問題。

段 2

人類心理，有知、情、意三部分；這三部分圓滿發達的狀態，我們先哲名之為「三達德」——知、仁、勇。為什麼叫做「達德」呢？因為這三件事是人類普通道德的標準，總要三件具備才能成一個人。三件的完成狀態怎麼樣呢？孔子說：「知者不惑，仁者不憂，勇者不懼。」所以教育應分為知育、情育、意育三方面——現在講的知育、德育、體育，不對，德育範圍太籠統，體育範圍太狹隘。——知育要教導人不惑，情育要教導人不憂，意育要教導人不懼。教育家教學生，應該以這三件為究竟；我們自動的自己教育自己，也應該以這三件為究竟。

段 3

怎樣才能不惑呢？最要緊的是養成我們的判斷力。想要養成判斷力：第一步，最少須有相當的常識；進一步，對於自己要做的事須有專門知識；再進一步，還須有遇事能判斷的智慧。假如一個人連常識都沒有了，聽見打雷，說是雷公發威；看見月蝕，說是蝦蟆貪嘴。那麼，一定鬧到什麼事都沒有主意，碰着一點疑難問題，就靠求神、問卜、看相、算命去解決，真所謂「大惑不解」，成了最可憐的人了。學校裏小學、中學所教，就是要人有了許多基本的常識，免得凡事都暗中摸索。但僅僅有這點常識還不夠，我們做人，總要各有一件專門職業。這職業也並不是我一人破天荒去做，從前已經許多人做過。他們積了無數經驗，發見出好些原理、原則，這就是專門學識。我打算做這項職業，就應該有這項專門學識。例如我想做農嗎？怎樣的改良土壤，怎樣的改良種子，怎樣的防禦水旱、病蟲……等等，都是前人經驗有得成為學識的。我們有了這種學識，應用他來處置這些事，自然會不惑；反是則惑了。做工、做商……等等，都各各有他的專門學識，也是如此。我想做財政家嗎？何等租稅可以生出何樣結果，何種公債可以生出何樣結果……等等，都是前人經驗有得成為學識的。我們有了這種學識，應用他來處置這些事，自然會不惑；反是則惑了。教育家、軍事家……等等，都各各有他的專門學識，也是如此。我們在高等以上學校所求得的知識，就是這一類。但專靠這種常識和學識就夠嗎？還不能。宇宙和人生是活的，不是呆的；我們每日所碰見的事理，是複雜、變化的，不是單純的、印板的。倘若我們只是學過這一件才懂這一件，那麼，碰着一件沒有學過的事來到跟前，便手忙腳亂了。所以還要養成總體的智慧，才能得有根本的判斷力。這種總體的智慧如何才能養成呢？第一件，要把我們向來粗浮的腦筋，着實磨練他，叫他變成細密而且踏實；那麼，無論遇着如何繁難的事，一定可以徹頭徹尾想清楚他的條理，自然不至於惑了。第二件，要把我們向來昏濁的腦筋，着實將養他，叫他變成清明；那麼，一件事理到跟前，我才能很從容、很瑩澈的去判斷它，自然不至於惑了。以上所說常識、學識和總體的智慧，都是知育的要件，目的是教人做到「知者不惑」。

段 4

怎麼樣才能不憂呢？為什麼仁者便會不憂呢？想明白這個道理，先要知道中國先哲的人生觀是怎麼樣。「仁」之一字，儒家人生觀的全體大用都包括在裏頭。「仁」到底是什麼，很難用言語來說明。勉強下個解釋，可以說是：「普遍人格之實現。」孔子說：「仁者，人也。」意思說是人格完成就叫做「仁」。但我們要知道：人格不是單獨一個人可以表現的，要從人和人的關係上看出來。所以「仁」字從二人，鄭康成解它做「相人偶」。總而言之，要彼我交感互發，成為一體，然後我的人格才能實現。所以我們若不講人格主義，那便無話可說；講到這個主義，當然歸宿到普遍人格。換句話說，宇宙即是人生，人生即是宇宙，我的人格和宇宙無二無別。體驗得這個道理，就叫做「仁者」。然則這種「仁者」為什麼會不憂呢？大凡憂之所從來，不外兩端：一曰憂成敗，一曰憂得失。我們得着「仁」的人生觀，就不會憂成敗。為什麼呢？因為我們知道宇宙和人生是永遠不會圓滿的，所以《易經》六十四卦，始「乾」而終「未濟」；正為在這永遠不圓滿的宇宙中，才永遠容得我們創造進化。我們所做的事，不過在宇宙進化幾萬里的長途中，往前挪一寸兩寸，那裏配說成功呢？然則不做怎麼樣呢？不做便連一寸兩寸都不往前挪，那可真失敗了。「仁者」看透這種道理，信得過只有不做事才算失敗，凡做事便不會失敗；所以《易經》説：「君子以自強不息。」換一方面來看，他們又信得過凡事不會成功的；幾萬里路挪了一兩寸，算成功嗎？所以《論語》説：「知其不可而為之。」你想：有這種人生觀的人，還有什麼成敗可説呢？

段 5

再者，我們得着「仁」的人生觀，便不會憂得失。為什麼呢？因為認定這件東西是我的，才有得失之可言。連人格都不是單獨存在，不能明確的畫出這一部分是我的，那一部分是人家的，然則哪裏有東西可以為我所得？既已沒有東西為我所得，當然亦沒有東西為我所失。我只是為學問而學問，為勞動而勞動，並不是拿學問勞動等等做手段來達某種目的——可以為我們「所得」的。所以老子説：「生而不有，為而不恃。」「既以為人，己愈有；既以與人，己愈多。」你想：有這種人生觀的人，還有什麼得失可憂呢？總而言之，有了這種人生觀，自然會覺得「天地與我並生，而萬物與我為一」；自然會「無入而不自得。」他的生活，純然是趣味化、藝術化。這是最高的情感教育，目的是教人做到「仁者不憂」。

段 6

怎麼樣才能不懼呢？有了不惑、不憂工夫，懼當然會減少許多了。但這是屬於意志方面的事。一個人若是意志力薄弱，便有很豐富的知識，臨時也會用不着；便有很優美的情操，臨時也會變了卦。然則意志怎樣才會堅強呢？頭一件須要心地光明。孟子曰：「浩然之氣，至大至剛。」「行有不慊之心，則餒矣。」又說：「自反而不縮，雖褐寬博，吾不惴焉。自反而縮，雖千萬人，吾往矣。」俗語說得好：「生平不作虧心事，夜半敲門也不驚。」一個人要保持勇氣，須要從一切行為可以公開做起，這是第一着。第二件要不為劣等欲望所牽制。《論語》說：「子曰：『吾未見剛者。』或對曰：『申棖。』子曰：『棖也慾，焉得剛？』」被物質上無聊的嗜慾東拉西扯，那麼，百鍊鋼也會變為繞指柔了。總之，一個人的意志，由剛強變為薄弱極易，由薄弱返到剛強極難。一個人有了意志薄弱的毛病，這個人可就完了。自己作不起自己的主，還有什麼事可做！受別人壓制，做別人奴隸，自己只要肯奮鬥，終能恢復自由。自己的意志做了自己嗜慾的奴隸，那麼，真是萬劫沉淪，永無恢復的餘地，終身畏首畏尾，成了個可憐人了。孔子說：「和而不流，強哉矯；中立而不倚，強哉矯；國有道，不變塞焉，強哉矯；國無道，至死不變，強哉矯。」我老實告訴諸君罷，做人不做到如此，決不會成一個人。但是做到如此真是不容易，非時時刻刻做磨練意志的工夫不可。意志磨練得到家，自然是看着自己應做的事，一點不遲疑，扛起來便做，「雖千萬人，吾往矣」。這樣才算頂天立地做一世人，絕不會有藏頭躲尾、左支右絀的醜態。這便是意育的目的，要人做到「勇者不懼」。

段 7

我們拿這三件事作做人的標準，請諸君想想，我自己現在做到哪一件？哪一件稍為有一點把握？倘若連一件都不能做到，連一點把握也沒有，噯喲！那可真危險了，你將來做人恐怕就做不成！

段 8

諸君啊！你千萬不要以為得些斷片的知識就是算有學問呀！我老實不客氣告訴你罷：你如果做一個人，知識自然是愈多愈好；你如果做不成一個人，知識卻愈多愈壞。你不信嗎？試想想全國人所唾罵的賣國賊某人某人，是有知識的呀，還是沒有知識的呢？試想想全國人所痛恨的官僚、政客——專門助軍閥作惡、魚肉良民的人，是有知識的呀，還是沒有知識的呢？諸君須知道啊！這些人，當十幾年前在學校的時代，意氣橫厲，天真爛漫，何嘗不和諸君一樣，為什麼就會墮落到這樣田地呀？屈原說的：「何昔日之芳草兮，今直為此蕭艾也？豈其有他故兮，莫好修之害也。」天下最傷心的事，莫過於看見一羣好好的青年，一步一步的往壞路上走。諸君猛醒啊！現在你所厭、所恨的人，就是前車之鑒了。

段 9

諸君啊！你現在懷疑嗎？沉悶嗎？悲哀痛苦嗎？覺得外邊的壓迫你不能抵抗嗎？我告訴你：你懷疑、沉悶，便是你因不知才會惑；你悲哀、痛苦，便是你因不仁才會憂；你覺得你不能抵抗外界的壓迫，便是你因不勇才會懼。這都是你的知、情、意未經修養、磨練，所以還未成個人。我盼望你有痛切的自覺啊！有了自覺，自然會自動。那麼學校之外，當然有許多學問，讀一卷經，繙一部史，到處都可以發現諸君的良師呀！ 段 10

諸君啊！醒醒罷！養足你的根本智慧，體驗出你的人格人生觀，保護好你的自由意志。你成人不成人，就看這幾年哩！ 段 11

周淑屏

本文除了第1段的開場白、客套話之外，在第2段其實也是用了如上一篇所用的「提出疑問」的方法開頭的。

值得注意的是除了第3段運用了語例之外，本文運用了頗多設例：

「假如一個人連常識都沒有了，聽見打雷，説是雷公發威；看見月蝕，説是蝦蟆貪嘴。那麼，一定鬧到什麼事都沒有主意，碰着一點疑難問題，就靠求神、問卜、看相、算命去解決。真所謂『大惑不解』，成了最可憐的人了。」

「例如我想做農嗎？怎樣的改良土壤，怎樣的改良種子，怎樣的防禦水旱、病蟲……等等，都是前人經驗有得成為學識的。我們有了這種學識，應用他來處置這些事，自然會不惑；反是則惑了。做工、做商……等等，都各各有他的專門學識，也是如此。我想做財政家嗎？何等租稅可以生出何樣結果，何種公債可以生出何樣結果……等等，都是前人經驗有得成為學識的。我們有了這種學識，應用他來處置這些事，自然會不惑；反是則惑了。」

「倘若我們只是學過這一件才懂這一件，那麼，碰着一件沒有學過的事來到跟前，便手忙腳亂了。所以還要養成總體的智慧，才能得有根本的判斷力。」

現在讓我們練習一下，用回上文有關「飼養寵物的利弊」的討論，譬如我們認為養寵物有許多壞處，我們嘗試一下用設例來論證吧！就如：假如我們的狗兒病了，我們要花多少時間去照顧牠？要花多少金錢去醫治牠？然後再續説其他會帶來的不良後果。

大家一起來試寫吧！

這篇文章在開頭時作者問了一連串問題，他在文章近結尾時也問了四個問題：

「你現在懷疑嗎？沉悶嗎？悲哀痛苦嗎？覺得外邊的壓迫你不能抵抗嗎？」

為什麼作者這麼多問題呢？他在結尾還問讀者問題幹嗎？據我的分析，他是用了「引發思考，提出希望」的方法。

這篇文章是一篇議論文，同時也是作者的一篇演講稿，他到學校向學生演講，目的是希望聽眾深入思考一些問題，更希望聽眾聽了演講之後，能朝着好的方面有所改變。

請你從文中找一找然後嘗試回答 —— 作者在末段想讀者思考什麼？希望為讀者帶來什麼改變？

無聊消遣　梁啟超

現時交際社會上有幾句最通行的談話，彼此見面，多半問道：「近來作何消遣？」那答話的多半談道：「無聊得很！不過隨便做做某樣某樣的玩意兒混日子罷了。」這幾句話，外面看來，像沒什麼大罪惡；哪裏知道這便是亡國滅種的根源，這種流行病，一個人染着，這個人便算完了；全國人染着，這國家便算完了。

段 1

天下最可寶貴的物件，無過於時間。因為別的物件，總可以失而復得，惟有時間，過了一秒，即失去一秒，過了一分即失去一分，過了一刻即失去一刻；失去之後，是永遠不能恢復的。任憑你有多大權力，也不能堵着他不叫他過去；任憑你有多大金錢，也不能買他轉來。所以古人講的惜寸陰惜分陰，這並不是說來好聽，他實在覺得天下最可惜之物，沒有能夠比上這件的，所以拚命的一絲一毫不肯輕輕放過。

段 2

近來世界上發明許多科學，論他的作用，不過替人類節省時間的耗費，增大時間的效力。從前兩三點鐘纔能辦結的事，現在一點半鐘便可辦結；因此尚可以將賸下的時間，騰出來拿去幹別的事業。所以現在的人，一日抵得過古人兩三日的用處；一年抵得過古人兩三年的用處。所以一世人能做古人兩三世的事業。現在文明進步，一日千里，這便是一個最大的關鍵。

段 3

我國因為科學不發達，沒有種種節省時間的器具，就是我們比人家加一倍勤勞，也只好以一世人當得人家半世便了，卻是人家一日當得兩三日用的還嫌不夠，兢兢業業的一分一秒不敢蹧蹋；我們兩三日只當得一日用的，倒反覺得把他無可奈何，單只想個方法來消了他遣了他。咳！哪裏想到天地間一種無價至寶，一落到我中國人手裏便一錢不值到這步田地。咳！可痛！可憐！

段 4

《論語》說的有兩段話：一段是「飽食終日，無所用心，難矣哉！」一段是「羣居終日，言不及義。好行小慧，難矣

哉！」孔子教人，向來沒有説過一個「難」字，單單對着這種人，一回說「難矣哉」，兩回説是「難矣哉」。可見這種人真是
段5 自外生成，便是孔聖人也對他無法可施的了。

《大學》説：「小人閒居為不善，無所不至。」王陽明解説道：「閒居有何不善可為，只有一樣懶散精神，漫無着落。便是萬惡淵藪，便是小人無忌憚處。」就此看來，這種無聊啦，消遣啦，別看是一種不相干的話頭；須知種種墮落，種種罪
段6 惡，都要從這裏發生了。

一個人這樣懶懶散散，這一個人便沒有了前途；全國這樣懶懶散散，這個國家，這個種族，便沒有了前途。三十年前有遊歷朝鮮的人做的筆記，説道：「朝鮮人每日起來，個個都是托着一壺茶，啣着一根長煙袋，坐在樹下歇涼，望過去像神仙中人，就這一點，便是朝鮮亡國滅種的根子。」前清末年京城裏旗人個個總算着一分口糧，無聊無賴，日過一日。稍有眼光的，早知道這一種人不久就被天然淘汰了。咄！中國人好的不學，倒要跟着朝鮮人學。我看現在號稱上中流社會的一班人，學他們倒愈學愈像了！既已如此，我們國家的將來，種族的將來，那朝鮮人、滿州人是個榜樣。這因果一定的法則，還可逃避嗎？顧亭林説：「天下興亡，匹夫有責。」須知這兩句語，並不是教人個個去出風頭，做志士，做偉人，纔算負責；就只

我們日用起居平淡無奇的勾當，不是向興國方面加一分力，便是向亡國方面加一分力。你道亡朝鮮的罪，專在李完用等幾個人身上嗎？據我説，朝鮮幾千萬人沒有一個能脱得了干係，因為世界沒有能在懶惰中生存的人類，沒有能在懶惰中生存的國民。現在朝鮮是亡過了，恐怕世界第一等懶惰國民要算我中國了，第一等懶惰人類要算我國內號稱上中流社會的人了。我想中國別的危險還容易救，就是這上中流社會一種無聊懶散的流行病，真真是亡國鐵券，教我愈想愈心寒啊！

段 7

周淑屏

在前面的文章中，我們探討了「解釋論題」的議論文開頭方法，在本篇中我們探討一下另一個開頭方法——「帶出背景」。

如果你時常看報章的社論，你會發現社論的開首首先會談談寫這文章的動機、緣起，許多時也因為這論題是近期的「熱話」、「熱議」，這事引起了許多人的關注、討論，所以作者認為有在社論中探討一下的必要。

本文的開首亦一樣，作者以當時社會上最通行的幾句話，來帶出討論這問題的逼切性與需要。

本文的第 5、6 段中引用了《論語》、《大學》及王陽明的話作語例，這些語例你都明白吧？在此，我想談談語例的運用。

運用語例時，我們要寫明出處，而且注意不要引錯。引用語例時將那句話完完整整的寫了出來就功德圓滿了嗎？不是啊！如果那是古語、諺語，我們最好解釋一下其中意思，同時說出來這些話和我們要說的道理有什麼關係，讀者才會明白的。

現在來練習一下，請你把文中第 5、6 段的語例解釋一下，並說出這些話與作者要說的道理的關係吧！

閱讀什麼　夏丏尊

論說文

中學生諸君：我在這回播音所擔任的是中學國語科的節目。國語科有好幾個方面，我想對諸君講的是些關於閱讀方面的話。預備分兩次講，一次講「閱讀什麼」，一次講「怎樣閱讀」。今天先講「閱讀什麼」。

段 1

讓我在未講到正文以前，先發一句荒唐的議論。我以為書這東西是有消滅的一天的。書只是供給知識的一種工具，供給知識其實並不一定要靠書。試想，人類的歷史不知已有多少年，書的歷史比較起來是很短很短的。太古的時代並沒有書，可是人類也竟能生活下來，他們的知識原不及近代人，卻也不能說全沒有知識。足見書不是知識的惟一的來源，要得知識並不一定要靠書的了。古代的事，我們只好憑想像來說，或者有些不可靠，再看現在的情形吧。今天的講演是用無線電播送給諸君聽的，假定聽的有一萬個人，如果我講得好，有益於諸君，那效力就等於一萬個人各讀了一冊「讀書法」或「讀書指導」之類的書了。我們現在除了無線電話以外還有電影可以利用，歷史上的事件，科學上的製造，如果用電影來演出，功效等於讀歷史書和科學書。假定有這麼一天，無線電話和電影發達得很進步普遍，放送的材料有人好好編制，適於各種人的需要，那麼書的用處會逐漸消滅，因為這些利器已可代替書了。我們因了想像知道太古時代沒有書，將來也可不必有書，書的需要可以說是一種過渡時代的現象。

段 2

今天所講的題目是「閱讀什麼」，方才這番議論好像有些荒唐，文不對題。其實我的意思只是想借此破除許多讀書的錯誤觀念。我也承認書本在今日還是有用的，我們生存在今日，要求知識，最普通、最經濟的方法還是讀書。可是一向傳下來的讀書觀念，很有許多是錯誤的。有些人把讀書認為是高尚的風雅事情，把書本當做玩好品古董品，好像書這東西是與實際生活無關，讀書是實際生活以外的消遣工作。有些人把書認為是惟一的求學的工具，以為所謂求知識就是讀書的別名，書本以外沒有知識的來路。這兩種觀念都是錯誤的，犯前一種錯誤的以一般人為多，犯後一種錯誤的大概是青年人，尤其是日日

手捏書本的中學生諸君。段 3

我以為書只是求知識的工具之一，我們為了要生活，要使生活的技能充實，就得求知識。所謂知識，決不是什麼裝飾品，只是用來應付生活，改進生活的技能。譬如說，我們因為要在自然界中生存，要知道利用自然界理解自然界的情形，才去學習物理、化學和算學等科目；我們因為要在這世界上做人，才去學習世界情形，修習世界史和世界地理等科目；我們因為要做現在的中國人民，才去學習本國歷史、地理、公民等科目。學習的方法可有各式各樣，有時需用實驗的方法，有時需用觀察的方法，有時需用演習的方法，並不一定都依靠書。只因為書是文字寫成的，文字是最便利的東西，可把世間一切的事情，一切的道理都記載出來，印成了書，隨時隨地可以翻看，所以書就成了求知識的重要的工具，值得大眾來閱讀了。段 4

以上是我對於書的估價，下面就要講到今天的題目「閱讀什麼」了。段 5

青年人應該讀些什麼書？這是一個從古以來的大問題，對於這問題從古就有許多人發表過許多議論，近十年來這問題也着實熱鬧，有好幾位先生替青年開過書目單，其中比較有名的是梁啟超先生和胡適之先生所開的單子。諸君之中想必有許多人見過這些單子的。我今天不想再替諸君另開單子，只想大略段6　地告訴諸君幾個着手的方向。

我想把讀書和生活兩件事連成一氣、打成一片來說，在我的見解，讀書並不是風雅的勾當，是改進生活、豐富生活的手段，書籍並不是茶餘酒後的消遣品，乃是培養生活上知識技能的工具。一個人該讀些什麼書，看些什麼書，要依了他自己的生活來決定、來選擇。我主張把閱讀的範圍，分成三個，一是關於自己的職務的，二是參考用的，三是關於趣味或修養的。舉例子來說，做內科醫生的，第一應該閱讀的是關於內科的書籍雜誌，這是關於自己職務的閱讀，屬於第一類。次之是和自己的職務無直接關係，可以做研究上的參考，使自己的專門知識更豐富確切的書，如因瘧疾的研究，而注意到蚊子的種類，便去翻某種生物學書；因了瘧蚊的分佈，便去翻閱某種地理書；因了某種藥物的性質，便去查檢某種的植物書、礦物書；因了某一詞兒的懷疑，便去翻查某種辭典，這是參考的閱讀，屬於第二類。再次之這位醫生除了醫生的職務以外，當然還有趣味或修養的生活。在趣味方面他如果是喜歡下圍棋的，不妨看看關於圍棋的書，如果是喜歡攝影的，不妨看看關於攝影的書，如果是喜歡文藝的，不妨看看詩歌、小說一類的書。在修養方面，他如果是有志於品性的修煉的，自然會去看名人傳記或經典格言等類的書，如果是覺得自己身體非鍛煉不可的，自然會去看游泳、運動等類的書。這是趣味或修養方面的閱讀，屬於第三類。第一類關於職務的書是各人不相同的，銀行家所該閱讀的書和工程師不同，農業家所該閱讀的書和音樂家不同。第二類的參考書，是因了專門業務的研究隨時連類牽涉到的，也不能劃出一定的種數。至於第三類的關於趣味或修養的書，更該讓各個人自由分別選定。總而言之，讀書和生活應該有密切的關聯。

段 7

上面我把閱讀的範圍分為三個，一是關於職務的，二是參考的，三是關於趣味或修養的。下面我將根據這幾個原則對中學生諸君講「閱讀什麼」的問題。

段 8

先講關於職務的閱讀。諸君的職務是什麼呢？諸君是中學生，職務就在學習中學校的各種功課。諸君將來也許會做官吏、做律師、開商店、做教師，各有各的職務吧，現在卻都在中學校受着中等教育，把中學校所規定的各種功課，好好學習，就是諸君的職務了。諸君在職務上該閱讀的書不是別的，就是學校規定的各種教科書。諸君對於我這番話也許會認為無聊吧，也許有人說，我們每日捧了教科書上課堂、下課堂，本來天天在和教科書做伴侶，何必再要你來嘈雜呢？可是，我說這番話，自信態度是誠懇的。不瞞諸君說，我也曾當過許多年的中學教師，據我所曉得的情形，中學生裏面能夠好好地閱讀教科書的人並不十分多。有些中學生喜歡讀小說，隨便看雜誌，把教科書丟在一邊，有些中學生愛讀英文或國文，看到理化算學的書就頭痛。這顯然是一種偏向的壞現象。一般的中學生雖沒有這種偏向的情形，也似乎未能充分地利用教科書。教科書專為學習而編，所記載的只是各種學科的大綱，原並不是什麼了不得的著作，但對於學習還是有價值的工具。學習一種功課，應該以教科書為基礎，再從各方面加以擴充，加以比較、觀察、實驗、證明等種種切實的工夫，並非胡亂閱讀幾遍就可了事。舉例來說，國語科的讀書，通常是用幾篇選文編成的，假定一冊國文讀本共有三十篇文章，你光是把這三十篇文章讀過幾遍，還是不夠，你應該依據了這些文章做種種進一步的學習，如文法上的習慣咧、修辭上的方式咧、斷句和分段的式樣咧，諸如此類的事項，你都須依據了這些文章來學習，收得扼要的知識才行。僅僅記牢了文章中所記的幾個故事或幾種議論，不能算學過國語一科的。再舉一個例來說，算學教科書裏有許多習題，你得一個一個地演習，這些習題，一方面是定理或原則的實際上的應用，一方面是使你對於已經學過的定理或原則更加明瞭的。例如四則問題有種種花樣，龜鶴算咧、時計算咧、父子年歲算咧，你如果只演習了一個個的習題，而不能發現這些習題中的共通的關係或法則，也不好稱為已學會了四則。依照這條件來說，閱讀教科書並非簡單的工作了。中學科目有十幾門，每門的教科書先該平均地好好閱讀，因為學習這些科目是諸君現在的職務。

段 9

次之講到參考書。如果諸君之中有人問我，關於某一科應看些什麼參考書？我老實無法回答。我以為參考書的需要因特種的題目而發生，是臨時的，不能預先決定。乾脆地說，對於第一種職務的書籍閱讀得馬馬虎虎的人，根本沒有閱讀參考書的必要。要參考，先得有題目，如果心裏並無想查究的題目，隨便拿一本書來東翻西翻，是毫無意味的傻事，等於在不想查生字的時候去胡亂翻字典。就國語科舉例來説，諸君在國語教科書裏讀到一篇陶潛的〈桃花源記〉，如果有不曾明白的詞兒，得翻辭典，這時辭典（假定是《辭源》）就成了參考書。這篇文章是晉朝人做的，如果諸君覺得和別時代人所寫的情味有些兩樣，要想知道晉代文的情形，就會去翻中國文學史（假定是謝無量編的《中國文學史》），這時文學史就成了諸君的參考書。這篇文章裏所寫的是一種烏托邦思想，諸君平日因了師友的指教，知道英國有一位名叫馬列斯的社會思想家寫過一本《理想鄉消息》和陶潛所寫的性質相近，拿來比較，這時，《理想鄉消息》就成了諸君的參考書。這篇文章是屬於記敘一類的，諸君如果想明白記敘文的格式，去翻看《記敘文作法》（假定是孫俍工編的），這時《記敘文作法》就成了諸君的參考書。還有，這篇文章的作者叫陶潛，諸君如果想知道他的為人，去翻《晉書．陶潛傳》或《陶集》，這時《晉書》或《陶集》就成了諸君的參考書。這許多參考書是因為有了題目才發生的，沒有題目，參考無從做起，學校圖書室雖藏着許多的書，諸君自己雖買有許多的書，也毫無用處。國語科如此，別的科目也一樣。諸君上歷史課聽教師講「英國的工業革命」一課，如果對於這件歷史上的事蹟發生了興趣或問題，就自然會請問教師得到許多的參考書，圖書館裏藏着的《英國史》，各種經濟書類，以及近來雜誌上所發表過的和這事有關係的單篇文字，都成了諸君的參考書了。所以，我以為參考書不能預先開單子，只能照了所想參考的題目臨時來決定。在到圖書館去尋參考書以前，我們應該先問自己，我所想參考的題目是什麼？有了題目，不知道找什麼書好，這是可以問教師、問朋友、查書目的，最怕的是連題目都沒有。

段 10

上面所講的是關於參考書的話，再其次要講第三種關於趣味修養的書了。這類的書可以說是和學校功課無關的，不妨全然照了自己的嗜好和需要來選擇。一個人的趣味是會變更的，一時喜歡繪畫的人，也許不久會喜歡音樂，喜歡文學的人，也許後來會喜歡宗教。至於修養，方面更廣，變動的情形更多。在某時候覺得自己身心上的缺點在甲方面，該補充矯正。過了些時，也許會覺得自己身心上的缺點在乙方面，該補充矯正了。這種自然的變更，原不該勉強拘束，最好在某一時期，勿把目標更動。這一星期讀陶詩，下一星期讀西洋繪畫史，趣味就無法涵養了。這一星期讀曾國藩家書，下一星期讀程、朱語錄，修養就難得效果了。所以，我以為這類的書，在同一時期中，種數不必多，選擇卻要精。選定一二種，須定了時期來好好地讀。假定這學期定好了某一種趣味上的書，某一種修養上的書，不妨只管讀去，正課以外，有閒暇就讀，星期日讀，每日功課完畢後讀，旅行的時候在車上船上讀，逛公園的時候坐在草地上讀。如果讀到學期完了，還不厭倦，下學期依舊再讀，讀到厭倦了為止。諸君聽了我這番話，也許會駭異吧。我自問不敢欺騙諸君，諸君讀這類書，目的不在會考通過，也不在畢業遲早，完全為了自己受用，一種書讀一年，讀半年，全是諸位的自由，但求有益於自己就是，用不着計較時間的長短。把自己喜歡讀的書永久地讀，是有意義的。趙普讀《論語》，是有名的歷史故事，日本有一位文學家名叫坪內逍遙的，新近才死，他活了近八十歲，卻讀了五十多年的莎士比亞劇本。

段 11

我的話已完了，現在來一個結束。我以為：書是供給知識的一種工具，讀書是改進生活、豐富生活的手段，該讀些什麼書要依了生活來決定選擇。首先該閱讀的是關於職務的書，第二是參考書，第三是關於趣味修養的書。中學生先該把教科書好好地閱讀，因為中學生的職務就在學習中學校課程。參考書可因了所要參考的題目去決定，最要緊的是發現題目。至於趣味修養的書可自由選擇，種數不必多，選擇要精，讀到厭倦了才更換。

段 12

阿谷

夏丏尊是教育家，這篇文章是他 1935 年在中央廣播電台的節目講稿，是一個中學國語科的節目。教育家跟文學家不同，說的非常實際，高瞻遠矚。對不對題是另一回事，且讓我大膽的說，歷來文學家筆下風騷，對不對題反是其次。

先說的高瞻遠矚。講話已過去七十年有多，一句「我以為書這東西是有消滅的一天的。」當年的意見，今天回望，夏先生簡直是預言家呢！不是說書真的會消滅，而是書作為知識的載體，是不是終有被取而代替的一天。喜愛讀書的人，對書本有主觀感情，便排除以書作為研究對象的科學精神，這是十分可惜的。如果夏先生晚生數十年，便不會顯得獨排眾議了的寂寞了。

第二個就是非常實際。閱讀什麼？夏先生把閱讀的類別分成三種：1. 關於自己的職務，2. 是參考用的，3. 是關於趣味或修養的。聰明的聽眾往下聽去，會發現三者是相互牽連的，是遞進式的。而且，當你真的按照他的方法——我是說百分百依循他的方法按部就班實踐——你其實已對閱讀上了癮而不能回頭。這個閱讀什麼，也可以稱為閱讀策略，很科學，也非常實際，因為很配合人的本性——需要、好奇心和超越感。

1. 需要（關於自己的職務）：我需要寫一篇〈閱讀什麼〉的回應文章，當我看到「趙普讀《論語》，是有名的歷史故事」一句時，我有障礙，是有名的歷史故事嗎，怎麼我不知道？我「需要」查個究竟，一查之下，原來有「趙普半部《論語》治天下」的典故。

2. 好奇心（是參考用的）：因着好奇，我找來一堆資料來查考趙普和《論語》的關係，因此我接觸到《宋史．趙普傳》、趙紹祖的《讀書偶記》、一幅由明代劉俊繪畫的山水人物畫〈雪夜訪普圖〉，還有意外地，看到「《論語》學」的發展的概要。

3. 超越感（是關於趣味或修養的）：我自問有點偵探頭腦，平常也喜歡看推理小說，我順着以上所說的資料，運用我的邏輯分析，發現後人對這個典故有不少誤解，以訛傳訛。而劉俊的一幅畫軸，畫宋太祖去探訪趙普，請問治國之道，也是想像的成分居多，原來歷史和美術都有不少想像空間。

而經過一番研究以後，可能，我對「半部《論語》治天下」比夏先生更有想法，更超越。如果夏先生還在，一定不會覺得我大言不慚，反而會微笑着說：「孺子可教！」

寫作指引

〈閱讀什麼〉是一篇很清晰的説明文，能夠做到如此清晰易明，作者運用了幾種手法。

第一種的是先抑後揚的手法。作者要向學生介紹閱讀書籍，但在文章開頭，作者卻説「書這東西是有消滅的一天的」，而且説電影、廣播演説都能取代書籍，完全否定書的價值，將書的重要性加以貶抑。其後到了第 4 段，作者才道出用文字寫成的書是最便利於求知識的工具，重新肯定書的價值，對此加以讚揚。作者這樣先抑後揚，就更起先聲奪人作用，帶出懸疑之效果。

第二種要留意的是先破後立。先破後立是論説文類常用手法，先破指首先破除錯誤觀念，後立則指之後建立自己的觀點看法。在第 3、4 段中，作者列出了時人對讀書的錯誤觀點，並指出其謬誤，明確説明自己的看法是「書只是求知識的工具之一，我們為了要生活，要使生活的技能充實，就得求知識」，其中説：

「有些人把讀書認為是高尚的風雅事情，把書本當做玩好品古董品，好像書這東西是與實際生活無關，讀書是實際生活以外的消遣工作。有些人把書認為是惟一的求學的工具，以為所謂求知識就是讀書的別名，書本以外沒有知識的來路。這兩種觀念都是錯誤的，犯前一種錯誤的以一般人為多，犯後一種錯誤的大概是青年人，尤其是日日手捏書本的中學生諸君。」

第三種就是常用的分類說明。在第 7 段，作者將閱讀的範圍分成三個：「一是關於自己的職務的，二是參考用的，三是關於趣味或修養的」，然後還舉例子逐一解說。到了第 9 至 11 段，再就中學生的情況分類解說應該閱讀些什麼內容的書。整篇文章的層次都通過分類說明來組織，令文章層次分明、條理清晰。

先抑後揚、先破後立和分類說明都是很好用的寫作手法，大家可以學習〈閱讀什麼〉的方法來寫作。譬如大學給予你一年休學年，以「規劃我的休學年」為題，說說你會如何構思自己的假期，寫作時可參考以下三個方法：

1. 運用先抑後揚的方式，先指出大學給予學生休學年的做法不當，令學生浪費時間、沒有意義，否定其價值；然後再說明休學年的意義何在，諸如裝備自己、擴闊眼光等，肯定其重要性。（可引用《孟子．盡心下》「盡信書，則不如無書」，或引用「讀萬卷書不如行萬里路」等名言以輔助說明學習不一定需要在學校裏，休學年可以提供機會予學生從生活體驗中學習到更多。）

2. 運用先破後立，破除一般人認為休學年只會用來休養生息，沒實質用途的錯誤觀點，再說明自己對休學年應如何運用的觀點。

3. 運用分類說明，有層次地說明自己想要將休學年分成多少個階段或時期，各階段或時期要做什麼，並舉例子清楚解釋其意義。

宴之趣　鄭振鐸

雖然是冬天，天氣卻並不怎麼冷，雨點淅淅瀝瀝的滴個不已，灰色雲是瀰漫着；火爐的火是熄下了，在這樣的秋天似的天氣中，生了火爐未免是過於燠暖了。家裏一個人也沒有，他們都出外「應酬」去了。獨自在這樣的房裏坐着，讀書的興趣也引不起，偶然的把早晨的日報翻着，翻着，看看它的廣告，忽然想起去看《Merry Widow》吧。於是獨自的上了電車，到派克路跳下了。

段 1

在黑漆的影戲院中，樂隊悠揚的奏着樂，白幕上的黑影，坐着，立着，追着，哭着，笑着，愁着，怒着，戀着，失望着，決鬥着，那還不是那一套，他們寫了又寫，演了又演的那段2 一套故事。

段3 但至少，我是把一句話記住在心上了：

段4 「有多少次，我是餓着肚子從晚餐席上跑開了。」

這是一句雋妙無比的名句；借來形容我們宴會無虛日的交際社會，真是很確切的。
段5

每一個商人、每一個官僚，每一個略略交際廣了些的人，差不多他們的每一個黃昏，都是消磨在酒樓菜館之中的。有的時候，一個黃昏要趕着去赴三四處的宴會；這些忙碌的交際者真是妓女一樣，在這裏坐一坐；就走開了，又趕到另一個地方去了，在那一個地方又只略坐一坐，又趕到再一個地方去了。他們的肚子定是不會飽的，我想。有幾個這樣的交際者，當酒闌燈榭，應酬完畢之後，定是回到家中，叫底下人燒了稀飯來堆補空腸的。
段6

我們在廣漠繁華的上海，簡直是一個村氣十足的「鄉下人」；我們住的是鄉下，到「上海」去一趟是不容易的，我們過的是鄉間的生活，一月中難得有幾個黃昏是在「應酬」場中度過的。有許多人也許要說我們是「孤介」，那是很清高的一個名辭。但我們實在不是如此，我們不過是不慣征逐於酒肉之

場，始終保持着不大見世面的「鄉下人」的色彩而已。 段 7

偶然的有幾次，承一二個朋友的好意，邀請我們去赴宴。在座的至多只有三四個熟人，那一半生客，還要主人介紹或自己去請教尊姓大名，或交換名片，把應有的初見面的應酬的話訥訥的説完了之後，便默默的相對無言了。説的話都不是有着落，都不是從心裏發出的；泛泛的，是幾個音聲，由喉嚨頭溜到口外的而已。過後自己想起那樣的敷衍的對話，未免要為之失笑。如此的，説是一個黃昏在繁燈絮語之宴席上度過了，然而那是如何沒有生趣的一個黃昏呀？ 段 8

有幾次，席上的生客太多了，除了主人之外，沒有一個是認識的；請教了姓名之後，也隨即忘記了。除了和主人説幾句話之外，簡直的無從和他們談起。不曉得他們是什麼行業，不曉得他們是什麼性質的人，有話在口頭也不敢隨意的高談起來。那一席宴，真是如坐針氈；精美的羹菜，一碗碗的捧上來，也不知是什麼味兒。終於忍不住了，只好向主人撒一個謊，説身體不大好過，或説是還有應酬，一定要去的。——如果在謠言很多的這幾天當然是更好托辭了，説我怕戒嚴提早，要被留在華界之外——雖然這是禮貌的，不大應該的，雖然主人是照例的殷勤的留着，然而我卻不顧一切的不得不走了。這個黃昏實在是太難挨得過去了！回到家裏以後，買了一碗稀段 9 飯，即使只有一小盞蘿蔔乾下稀飯，反而覺得舒暢，有意味。

如果有什麼友人做喜事，或壽事，在某某花園，某某旅社的大廳裏，大張旗鼓的宴客，不幸我們是被邀請了，更不幸我們是太熟的友人，不能不到，也不能道完了喜或拜完了壽，立刻就托辭溜走的，於是這又是一個可怕的黃昏。常常的張大了兩眼，在尋找熟人，好容易找到了，一定要緊緊的和他們擠在一起，不敢失散。到了坐席時，便至少有兩三人在一塊兒可以談談了，不至於一個人獨自的侷促在一羣生面孔的人當中，惶恐而且空虛。當我們兩三個人在津津的談着自己的事時，偶然抬起眼來看着對面的一個坐客，他是淒然無侶的坐着；大家酒杯舉了，他也舉着；菜來了，一個人說：「請，請，」同時把牙箸伸到盤邊，他也說，「請，請，」也同樣的把牙箸伸出。除了吃菜之外，他沒有目的，菜完了，他便侷促的獨坐着。我們見
段 10 了他，總要代他難過，然而他終於能夠終了席方才起身離座。

宴會之趣味如果僅是這樣的，那末，我們將咒詛那第一個發明請客的人；喝酒的趣味如果僅是這樣的，那末，我們也將
段 11 打倒杜康與狄奧尼修士了。

然而又有的宴會卻幸而並不是這樣的；我們也還有別的可
段 12 以引起喝酒的趣味的環境。

獨酌，據説，那是很有意思的。我少時，常見祖父一個人執了一把錫的酒壺，把黃色的酒倒在白磁小杯裏，舉了杯獨酌着；喝了一小口，真正一小口，便放下了，又拿起筷子來夾菜。因此，他食得很慢，大家的飯碗和筷子都已放下了，且已離座了，而他卻還在舉着酒杯，不匆不忙的喝着。他的吃飯，尚在再一個半點鐘之後呢。而他喝着酒，顏微酡着，常常叫道：「孩子，來，」而我們便到了他的跟前。他夾了一塊只有他獨享着的菜蔬放在我們口中，問道「好吃麼？」我們往往以點點頭答之，在孫男與孫女中，他特別的喜歡我，叫我前去的時候尤多。常常的，他把有了短髭的嘴吻着我的面頰，微微有些刺痛，而他的酒氣從他的口鼻中直噴出來。這是使我很難受的。

段 13

這樣的，他消磨過了一個中午和一個黃昏。天天都是如此。我沒有享受過這樣的樂趣。然而回想起來，似乎他那時是非常的高興，他是陶醉着，為快樂的霧所圍着，似乎他的沉重的憂鬱都從心上移開了，這裏便是他的全個世界，而全個世界也便是他的。

段 14

別一個宴之趣，是我們近幾年所常常領略到的，那就是集合了好幾個無所不談的朋友，全座沒有一個生面孔，在隨意的喝着酒，吃着菜，上天下地的談着。有時説着很輕妙的話，説着很可發笑的話，有時是如火如劍的激動的話，有時是深切的論學談藝的話，有時是隨意的取笑着，有時是面紅耳熱的爭辯着，有時是高妙的理想在我們的談鋒上觸着，有時是戀愛的遇合與家庭的與個人的身世使我們談個不休。每個人都把他的心胸赤裸裸的袒開了，每個人都把他的向來不肯給人看的面孔顯露出來了；每個人都談着，談着，談着，只有更興奮的談着，毫不覺得「疲倦」是怎麼一個樣子。酒是喝得乾了，菜是已經沒有了，而他們卻還是談着，談着，談着。那個地方，即使是很喧鬧的，很湫狹的，向來所不願意多坐的，而這時大家卻都忘記了這些事，只是談着，談着，談着，沒有一個人願意先說起告別的話。要不是為了戒嚴或家庭的命令，竟不會有人想走開的。雖然這些閒談都是瑣屑之至的，都是無意味的，而我們卻已在其間得到宴之趣了；——其實在這些閒談中，我們是時時可發現許多珠寶的；大家都互相的受着影響，大家都更進一
段 15 步瞭解他的同伴，大家都可以從那裏得到些教益與利益。

段 16 「再喝一杯，只要一杯，一杯。」

段 17 「不，不能喝了，實在的。」

不會喝酒的人每每這樣的被強迫着而喝了過量的酒。面部
段 18 紅紅的，映在燈光之下，是向來所未有的壯美的風采。

「聖陶，乾一杯，乾一杯，」我往往的舉起杯來對着他

說，我是很喜歡一口一杯的喝酒的。

段 19

「慢慢的，不要這樣快，喝酒的趣味，在於一小口一小口的喝，不在於『乾杯』。」聖陶反抗似的說，然而終於他是一口乾了，一杯又是一杯。

段 20

連不會喝酒的愈之、雁冰，有時，竟也被我們強迫的乾了一杯。於是大家哄然的大笑，是發出於心之絕底的笑。

段 21

再有，佳年好節，闔家團團的坐在一桌上，放了十幾雙的紅漆筷子，連不在家中的人也都放着一雙筷子，都排着一個座位。小孩子笑孜孜的鬧着吵着，母親和祖母溫和的笑着，妻子忙碌着，指揮着廚房中廳堂中僕人們的做菜，端菜，那也是特有一種融融泄泄的樂趣，為孤獨者所妒羨不止的，雖然並沒有和同伴們同在時那樣的宴之趣。

段 22

還有，一對戀人獨自在酒店的密室中晚餐；還有，從戲院中偕了妻子出來，同登酒樓喝一二杯酒；還有，伴着祖母或母親在熊熊的爐火旁邊，放了幾盞小菜，閒吃着宵夜的酒，那都是使身臨其境的人心醉神怡的。

段 23

宴之趣是如此的不同呀！

段 24

寫作指引

〈宴之趣〉運用了兩種頗複雜的寫作結構，其中一種是叫作「緣事而發」的手法。「緣事而發」顧名思義，從一件事情引發個人的感情、感受，甚至思考和反省，〈宴之趣〉的開首就是運用了「緣事而發」。作者因生活無聊去看電影，自所看電影中的一句話：「有多少次，我是餓着肚子從晚餐席上跑開了」，作者隨即進入個人的思考當中，對參與饗宴之事流露出深刻感受。

另一個手法是「夾敍夾議」，為什麼夾敍夾議會出現在富情感色彩的文章中呢？原來「夾敍夾議」有很多種形式，當中確有態度客觀的，但也有些屬於主觀的議論，林語堂的〈人是惟一在工作的動物〉、陳之藩的〈謝天〉等就屬後者。「夾議」的部分通常是作者對一件事情或一個問題表達個人見解或主張，且再夾雜抒情，結果令整篇文章富有主觀情感色彩，達到情理結合的效果。我們讀起來，實在無法分辨是抒情，還是論說。〈宴之趣〉正好就是這樣，作者善於運用事件，在敍述自己參加宴席的經歷後，不免表達自己對宴席的個人見解，細閱以下文字便可知道：

「說的話都不是有着落，都不是從心裏發出的；泛泛的，是幾個音聲，由喉嚨頭溜到口外的而已。過後自己想起那樣的敷衍的對話，未免要為之失笑。如此的，說是一個黃昏在繁燈絮語之宴席上度過了，然而那是如何沒有生趣的一個黃昏呀？」

「別一個宴之趣，是我們近幾年所常常領略到的，那就是集合了好幾個無所不談的朋友，全座沒有一個生面孔，在隨意的喝着酒，吃着菜，上天下地的談着。」

鄭振鐸對宴席的見解，可分成前後兩部分，二者的態度完全不同，前部分主要對以交際為目的之宴席表達厭惡，評價為「沒有生趣」的事；相反，後部分作者對與親友間的饗宴表示非常認同其趣味，認為是「使身臨其境的人心醉神怡」。

雖然「緣事而發」和「夾敘夾議」的手法相當複雜，但只要能掌握其特點，也並非很難做到。現在我們可以模仿〈宴之趣〉的做法，換個題目試作。譬如以生活中的「比賽」為素材，我們人生經常出現不同形式的比賽，但比賽不一定會有勝負，大家可以用「沒有失敗者的比賽」為題寫作文章。具體作法可循以下幾點：

1. 題目指比賽「沒有失敗者」，應思考怎樣的比賽會沒人失敗，譬如「友誼第一，比賽第二」；盡了努力，即使輸了也沒有失敗；又如比賽中展現了公平公正的體育精神等。

2. 從日常所見的比賽中，選一個印象深刻的，以「緣事而發」的手法寫作開頭，先簡單敘述該事，再引入到主題中。

3. 再選擇幾件與比賽成敗相關的事，來寫作中間段落，邊敘事，邊加插自己的想法、見解、感情，令情理結合。

4. 最後一段宜作出點題，表達出自己對沒有失敗者的比賽之感受。

吹牛的妙用　盧隱

吹牛是一種誇大狂，在道德家看來，也許認為是缺點，可是在處事接物上卻是一種刮刮叫的妙用。假使你這一生缺少了吹牛的本領，別說好飯碗找不到，便連黃包車夫也不放你在眼裏的。

段 1

西洋人究竟近乎白癡，什麼事都只講究腳踏實地去做，這樣費力氣的勾當，我們聰明的中國人，簡直連牙齒都要笑掉了。西洋人什麼事都講究按部就班的慢慢來，從來沒有平地登天的捷徑，而我們中國人專門走捷徑，而走捷徑的第一個法門，就是善吹牛。

段 2

吹牛是一件不可輕看的藝術，就如修辭學上不可缺少「張喻」一類的東西一樣，像李白什麼「黃河之水天上來」，又是什麼「白髮三千丈」，這在修辭學上就叫作「張喻」，而在不懂
段 3 修辭學的人看來就覺得李太白在吹牛了。

而且實際上說來，吹牛對於一個人的確有極大的妙用。人類這個東西，就有這麼奇怪，無論什麼事，你若老老實實的把實話告訴他，不但不能激起他共鳴的情緒，而且還要輕蔑你冷笑你，假使你見了那摸不清你根底的人，你不管你家裏早飯的米是當了被褥換來的，你只要大言不慚的說「某部長是我父親的好朋友，某政客是我拜把子的叔公，我認得某某某鉅商，我的太太同某軍閥的第五位太太是乾姊妹」吹起這一套法螺來，那摸不清你的人，便貼貼服服的向你合十頂禮，說不定碰得巧
段 4 還恭而且敬的請你大吃一頓讌菜席呢！

吹牛有了如許的好處，於是無論哪一類的人，都各盡其力的大吹其牛了。但是且慢！吹牛也要認清對方的。不然的話，必難打動他或她的心弦，那麼就失掉吹牛的功效了。比如說你見了一個仰慕文人的無名作家或學生時，而你自己要自充老前輩時，你不用說別的，只要說胡適是我極熟的朋友，郁達夫是我最好的知己，最妙你再轉彎抹角的去探聽一些關於胡適、郁達夫瑣碎的遺事，比如說胡適最喜聽什麼，郁達夫最討厭什

麼，於是便可以親親切切的叫着「適之怎樣怎樣，達夫怎樣怎樣」，這樣一來，你便也就成了胡適、郁達夫同等的人物，而被人所尊敬了。

段 5

如果你遇見一個好虛榮的女子呢，你就可以說你周遊過列國，到過土耳其、南非洲！並且還是自費去的，這樣一來就可以證明你不但學識閱歷豐富，而且還是個資產階級，於是乎你的戀愛便立刻成功了。

段 6

你如遇見商賈、官僚、政客、軍閥，都不妨察言觀色，投其所好，大吹而特吹之。總而言之，好色者以色吹之，好利者以利吹之，好名者以名吹之，好權勢者以權勢吹之，此所謂以毒攻毒之法，無往而不利。

段 7

或曰吹牛妙用雖大，但也要善吹，否則揭穿西洋鏡，便沒有戲可唱了。

段 8

這當然是實話，並且吹牛也要有相當的訓練，第一要不紅臉，你雖從來沒有著過一本半本的書，但不妨咬緊牙根說：「我的著作等身，只可恨被一把野火燒掉了！」你家裏因為要請幾個漂亮的客人吃飯，現買了一副碗碟，你便可以說：「這些東西十年前就有了」，以表示你並不因為請客受窘。假如你荷包裏只剩下一塊大洋，朋友要邀你坐下來八圈，你就可以說：「我

的錢都放在銀行裏，今天竟勻不出工夫去取！」假如哪天你的
太太感覺你沒多大出息時，你就可以說張家大小姐說我的詩作
的好，王家少奶奶說我臉子漂亮而有丈夫氣，這樣一來太太便
段 9 立刻加倍的愛你了。

段 10 這一些吹牛經，說不勝說，但神而明之，存乎其人！

寫作指引

〈吹牛的妙用〉之主題是介紹吹牛的各種用途，此話題聽起來已相當吸引，內容讀起來令人折服，且充滿幽默感。只是未知這些妙用是真令作者讚歎，還是拿來嘲諷的？因為作者在筆調中運用了反諷的手法，內裏實際就是批評那些亂吹牛的人。

反諷就是說「反語」，通過反語就能帶出對事件的批評和諷刺。在〈吹牛的妙用〉中，作者不時用反諷，刻意將錯誤的行為寫得誇張、理直氣壯，例如第 2 段就用了反諷來指責中國人不務實走捷徑，讚美西方人認真踏實的美德，從而達致明褒暗貶效果：

「西洋人究竟近乎白癡，什麼事都只講究腳踏實地去做，這樣費力氣的勾當，我們聰明的中國人，簡直連牙齒都要笑掉了。西洋人什麼事都講究按部就班的慢慢來，從來沒有平地登天的捷徑，而我們中國人專門走捷徑，而走捷徑的第一個法門，就是善吹牛。」

另外，作者也運用了不少說明方法，令文章所說事理能清晰明白地道出來，如引用說明、比較說明和舉例說明。在文章中的第 3 段用了引用說明，指吹牛類近修辭學的「張喻」，即是我們常說的誇張這種修辭手法，並引用出李白詩句「黃河之水天上來」和「白髮三千丈」二句以解釋。第 4 段則用了比較說明，以老老實實講實話和用吹牛方式來說話作比較，比較人們聽後的反應相差很大。第 5、6 段運用舉例說明，舉出遇到「仰慕文人的無名作家或學生」和「好虛榮的女子」時分別應如何應對之事，說明吹牛可助自己受人敬仰傾慕。

吹牛其實是種待人處世的方法，不管你同不同意，但都有其可用之處和值得批評之處。說到處世方法，大家可以「說面面俱圓」為題目寫作，對這種處世態度加以說明。方法可根據以下幾點；

1. 像〈吹牛的妙用〉的開頭，先對「面面俱圓」一詞作解釋 —— 各方面都能周全照顧到，也需要讓人知道面面俱圓指的是什麼行為。

2. 如果對面面俱圓的處事態度感不滿，可嘗試用反諷的方法，表面上對面面俱圓中的不當行為作出讚揚，以更凸顯當中極端、不值得支持的地方。

3. 運用比較說明，舉出人們對面面俱圓者和不懂面面俱圓的人之態度有何不同，以比較何者較佳。

4. 運用舉例說明，舉例人們如何在不同處境下表現出面面俱圓，譬如面對朋友、長輩、上司、後輩等的處理有何差別，又應如何應對。

5. 運用引用說明，引出一些相關的名言語句，幫助解釋，例如《論語》中的「君子和而不同；小人同而不和。」指出面面俱圓者為了不得罪別人而認同別人的想法。又或者引用英國已故的前首相戴卓爾夫人的名言：「如果你想讓自己討喜，面面俱圓，那你將要準備無時無刻妥協，最終一事無成。」指出面面俱圓帶來的結果。

說說話　朱湘

我是一個口齒極鈍的人，連普通的應酬我都不能夠對付，所以，我對於說話說得極多並且極為伶俐的人是十分的羡慕。好像手工、圖畫這兩樣，我從前在學校裏面讀書的時候，十分的羡慕着那些成績優美的同學那般。

段 1

灑掃，應對，這本是古訓裏所說的一種兒童所應受的教育；在近三十年左右的家庭之內，灑掃這一項家庭教育的項目似乎是已經普遍的廢除了，至於應對，大人也不過在說錯了的時候，提撕一句；在說得不好的時候，歎一口氣；或是灰心了的不作聲：他們並不每天劃出若干時刻來教授兒童以「應對」這一種課程，或是聘請一個家庭教師來教授，或是用了家長的名義向學校方面要求着在學校課程內增加這一種課程。於是，說話我便從小不會了。其實，即使是學校內有「應對」這一種課程，我也不見得能夠學的好——不見手工、圖畫，我是成績那麼拙劣麼？

段 2

大概，說話時候所須注重的第一點是，從何說起。照例的寒暄，這已經是難於開口了，因為它頗有一點像學校裏面國文班上所出的題目，這題目的範圍之內所可說的話差不多早已經被旁人說完了，要想推陳出新，決不是一件容易事。至於，由寒暄進而作寬泛的談話，那簡直是我所害怕的，好像從前在中學的頭幾年裏我怕學期、學年的大考那樣。不曉得對談的人愛聽的是哪一種話；即使曉得了，自己也多半不見得能夠在這一方面搜索枯腸可以搜索得一些——不說許多——談話的資料來。面對面的僵坐着，終究不是事，於是，急忙之內，我便開口說話了……不幸，我所說的話恰巧是對談的人所不愛聽的，甚至於，他所認為是存心得罪的。這簡直是糟糕！因為，已經是僵窘的對話，如今又加添了一種意氣的成分進去了。這個，在一個不善辭令的人處來，是最難受的了。反報麼，間接的便實證了適才所無心吶出的話是有意的；不反報麼，未免有失身分；解釋麼，一個不會說話的人要想解釋一句失言，我經驗的知道，是不僅無補，並且會增加誤會的。那麼，只好不作聲了。這個，並不見得能把嚴重的局面緩和下去。因為，這時候的面部表情，如其是沉悶的，對談的人可以測想為臆怪；如其是和悅的，對談的人又可以測想為在肚裏暗笑。

段 3

模稜兩可，這是說話時候所須注重的第二點。人世間的事情，最難料到是要怎麼變化的。要是說出了一句肯定的話來，而事情的轉變並不是像肯定的那樣，這時候，曾經聽見了這句話的人未免是要對於說者的判斷力發生懷疑了。這個，在社會上，是極為有損於說者的。所以，一個人要是想不在這一方面吃虧，最好是在說話的時候不着邊際；如此，事情無論是怎麼收場，這模稜兩可的話，雖然不見得是說中了，至少是沒有說錯。還有一層，人與人之間，在多種的情境內，是不能夠說直話的；撒謊既不是一件社會上所容許的事情，那麼，便只好把話說得令人難以捉摸了。

段 4

空洞無物，這是說話時候所須注重的第三點。一個人與一個人見了面，談起話來，這一番對話，當然的，是集中於一件事情之上了。這件事情，過去的情形怎樣，將來會怎樣，現在對話時候是要這樣的去接近，這些，在每個對話者的胸內，差不多都已經有了一個譜子；既然如此，在本題之上，便不需要作文章，只要旁敲側擊，借了一些題外的話來達意，也就夠了。喜歡繞彎子，或許是人的一種生性，因為繞彎子是有玄祕的色彩、藝術的色彩的。

段 5

面部表情，這是説話時候所須注重的第四點。譬如説，你現在説出了一句想起來是極為滑稽的話來，這時候，你的面部表情應當是嚴肅的，因為，那樣，教聽者在事後回想起來，會更覺得有趣。又譬如説，你説挖苦的話，便應當在面部呈露出一種和藹可親的模樣；那樣，聽者，如其不是十分聰明的，便不會立刻悟出你是在挖苦他，你既然可以逃避去當場的反報，又可以讓他在事後尋思，悟出來了的時候，去飽嘗那一種自羞自悔的酸滋味。

段 6

這些便是一個不會説話的人對於説話這種藝術的觀察。或許天下居然會有人，同我一樣的拙於辭令，那麼，這一番的説話，不能説是有什麼幫助，只能説是，讓他看了，可以與我同發一聲慨歎，會説話的人真是天生的，人為不了。

段 7

阿谷

朱湘寫〈說說話〉的時候，應該是一個年輕小夥子，二十多歲吧，肯定還不到三十歲，因為二十九歲那一年，朱湘便跳海自殺。

〈說說話〉的第一個「說」字，如果換成了「談」或「論」，變成「談說話」或「論說話」，這篇說明文的主旨便很清楚了，是作者要論述他對說話的一點觀感和意見。文章的結構和邏輯論據不強，所以當大家閱讀的時候，不必煞有介事地對「說話」的議題進行嚴格的寫作分析，反而，應該借出一雙耳朵，聆聽朱湘對「說話」用文字發揮的一場牢騷。這是閱讀的更深層次學習，用心靈的眼睛注目，用客觀和開放的態度代入作者的處境，以期能還原作者當日寫作的心路歷程。這是另一種閱讀，不容易學習，但肯學而學到了，卻對磨練寫作終生受用。

留意文章，你會十分驚訝，朱湘雖然是二十世紀、三十年代的人物，竟與時下的青少年羣象何其相似 —— 極度聰明，自我意識強烈，不擅詞令又有溝通障礙。

說話是人際溝通的重要途徑，除非你是表演藝術家，例如懂得畫畫，彈得一手好鋼琴，不用言語，已經可以傳情達意，不然，你總得開口吐出幾個聲韻，才能與別人溝通。為什麼嬰孩動不動就哭鬧，因為他不懂用言語告訴爸爸媽媽想要什麼，只好哭他一場。所以，一到他意識要用說話來表達時，便牙牙學語了。

連小孩都懂的道理，年輕人哪會不曉得，不過，說話真的不容易。有誰敢說自己能言善道？有誰敢說自己是談判專家？即使寫詩高手如朱湘，一提起說話，便有吐不完的苦水：

1. 打開話匣子難之又難；
2. 說真話不是，是謊話更不行，只有說得模棱兩可最穩妥；
3. 明明要談的是一件事，卻不能打開天窗說亮話，只好一味旁敲側擊；
4. 千萬別讓說話的情態把你出賣。

既然「說話」可畏又不得不說，不如借此機會，代入角色，同時注入正向思維，寫一篇真正「談說話的藝術」的文章。

1. 如何打開話匣子；
2. 實話實說的好處；
3. 避免誤會，就事論事的重要性；
4. 人人都愛心口如一，聲情並茂的朋友。

結語當然要申明立場，先引朱湘在文中的論據：「會說話的人真是天生的，人為不了。」所以你的建議，統統是紙上談兵，如效果適得其反，責任自負。

寫作指引

留意朱湘〈說說話〉的文章開首，這裏是運用了「緣事而發」的技巧。每個說理話題的建立，都必有因由，之前已提過「緣事而發」是指文章是因為某事作為開端而產生感受、思考，我們讀過的說明文和議論文其實有不少是這樣創作出來的，著名的例子就有〈六國論〉。〈說說話〉的因由就是第一段說的朱湘自己「口齒極鈍」，因此觸發後來的說理話題——與人說話時四項須注意的要點。

我們細心閱讀〈說說話〉的第 3 至 6 段，就會發覺每個段落只清楚說明一個說話時的注意要點，令文章層次分明、條理清晰。原來作者運用了分類說明，將四項要點逐一按優先次序作介紹。從何可見四個注意要點有優次之分呢？因為須注重的第一點是「從何說起」—— 如何展開話題的問題；而最後的注重點是「面部表情」，這已經不是談話內容，而是身體語言的問題。

有不少作文題目經常會用「緣事而發」的設題方式，譬如自己從窗子看到鄰居晾在窗外的衣服洗得不夠乾淨而加以批評，卻沒留意到其實是自己的窗子有污漬，從此事引出「談談如何消除偏見」的寫作題目。我們可以學習朱湘〈說說話〉的寫作模式應對這條題目，寫作方法可依據以下各點：

1. 宜先了解題目中的「偏見」是什麼，然後用定義說明的方法加以解釋。偏見一般都指個人對另一方存有「先入為主」的看法，因而評價欠缺客觀。

2. 亦可回應「緣事而發」的事件（題目中所指的事件），指出當中哪裏有存在偏見的地方。

3. 再運用分類說明逐一談論消除偏見的方法，並說明有成效的原因，令寫作的文章條理分明。

另外，還可以在寫作時運用引用說明的方式，引用《論語》中的名言幫助我們說明，例如：「曾子：『吾日三省吾身：為人謀而不忠乎？與朋友交而不信乎？傳不習乎？』」這句說話是要我們時刻反省自己的行為，而曾子主要是針對三方面的：為人做事是否忠於職守、與朋友交往是否守信用、學習到的知識有否溫習。題目中的偏見是由於人們沒有反省自身的行為而產生的，所以自我反省也是其中一種消除偏見的方法。

抒情文

給亡婦　朱自清

謙，日子真快，一眨眼你已經死了三個年頭了。這三年裏世事不知變化了多少回，但你未必注意這些個，我知道。你第一惦記的是你幾個孩子，第二便輪着我。孩子和我平分你的世界，你在日如此；你死後若還有知，想來還如此的。告訴你，我夏天回家來着：邁兒長得結實極了，比我高一個頭。閏兒父親説是最乖，可是沒有先前胖了。采芷和轉子都好。五兒全家誇她長得好看；卻在腿上生了濕瘡，整天坐在竹牀上不能下來，看了怪可憐的。六兒，我怎麼説好，你明白，你臨終時也和母親談過，這孩子是只可以養着玩兒的，他左挨右挨去年春天，到底沒有挨過去。這孩子生了幾個月，你的肺病就重起來了。我勸你少親近他，只監督着老媽子照管就行。你總是忍不住，一會兒提，一會兒抱的。可是你病中為他操的那一份兒心也夠瞧的。那一個夏天他病的時候多，你成天兒忙着，湯呀，藥呀，冷呀，暖呀，連覺也沒有好好兒睡過。哪裏有一分一毫想着你自己。瞧着他硬朗點兒你就樂，乾枯的笑容在黃蠟般的臉上，我只有暗中歎氣而已。

段 1

從來想不到做母親的要像你這樣。從邁兒起，你總是自己餵乳，一連四個都這樣。你起初不知道按鐘點兒餵，後來知道了，卻又弄不慣；孩子們每夜裏幾次將你哭醒了，特別是悶熱的夏季。我瞧你的覺老沒睡足。白天裏還得做菜，照料孩子，很少得空兒。你的身子本來壞，四個孩子就累你七八年。到了第五個，你自己實在不成了，又沒乳，只好自己餵奶粉，另僱老媽子專管她。但孩子跟老媽子睡，你就沒有放過心；夜裏一聽見哭，就豎起耳朵聽，工夫一大就得過去看。十六年初，和你到北京來，將邁兒、轉子留在家裏，三年多還不能去接他們，可真把你惦記苦了。你並不常提，我卻明白。你後來說你的病就是惦記出來的，那個自然也有份兒，不過大半還是養育孩子累的。你的短短的十二年結婚生活，有十一年耗費在孩子們身上；而你一點不厭倦，有多少力量用多少，一直到自己毀滅為止。你對孩子一般兒愛，不問男的女的、大的小的。也不想到什麼「養兒防老，積穀防饑」，只拚命的愛去。你對於教育老實說有些外行，孩子們只要吃得好玩得好就成了。這也難怪你，你自己便是這樣長大的。況且孩子們原都還小，吃和玩本來也要緊的。你病重的時候最放不下的還是孩子。病的只剩皮包着骨頭了，總不信自己不會好；老說：「我死了，這一大羣孩子可苦了。」後來說送你回家，你想着可以看見邁兒和轉子，也願意；你萬不想到會一走不返的。我送車的時候，你忍不住哭了，說：「還不知能不能再見？」可憐，你的心我知道，你滿想着好好兒帶着六個孩子回來見我的。謙，你那時一定這樣想，一定的。

段 2

除了孩子，你心裏只有我。不錯，那時你父親還在；可是你母親死了，他另有個女人，你老早就覺得隔了一層似的。出嫁後第一年你雖還一心一意依戀着他老人家，到第二年上我和孩子可就將你的心佔住，你再沒有多少工夫惦記他了。你還記得第一年我在北京，你在家裏。家裏來信說你待不住，常回娘家去。我動氣了，馬上寫信責備你。你教人寫了一封覆信，說家裏有事，不能不回去。這是你第一次也可以說第末次的抗議，我從此就沒給你寫信。暑假時帶了一肚子主意回去，但見了面，看你一臉笑，也就拉倒了。打這時候起，你漸漸從你父親的懷裏跑到我這兒。你換了金鐲子幫助我的學費，叫我以後還你；但直到你死，我沒有還你。你在我家受了許多氣，又因為我家的緣故受你家裏的氣，你都忍着。這全為的是我，我知道。那回我從家鄉一個中學半途辭職出走，家裏人諷你也走。哪裏走！只得硬着頭皮往你家去。那時你家像個冰窖子，你們在窖裏足足住了三個月。好容易我才將你們領出來了，一同上外省去。小家庭這樣組織起來了。你雖不是什麼闊小姐，可也是自小嬌生慣養的，做起主婦來，什麼都得幹一兩手；你居然做下去了，而且高高興興地做下去了。菜照例滿是你做，可是吃的都是我們；你至多夾上兩三筷子就算了。你的菜做得不壞，有一位老在行大大地誇獎過你。你洗衣服也不錯，夏天我的綢大褂大概總是你親自動手。你在家老不樂意閒着；坐前幾個「月子」，老是四五天就起牀，說是躺着家裏事沒條沒理的。其實你起來也還不是沒條理，咱們家那麼多孩子，哪兒來條理？在浙江住的時候，逃過兩回兵難，我都在北平。真虧你領着母親和一羣孩子東藏西躲的；末一回還要走多少里路，翻一道大嶺，這兩回差不多只靠你一個人。你不但帶了母親和孩子們，還帶了我一箱箱的書，你知道我是最愛書的。在短短的十二年裏，你操的心比人家一輩子還多；謙，你那樣身子怎麼經得住！你將我的責任一股腦兒擔負了去，壓死了你；我如何對得起你！

段 3

你為我的撈什子書也費了不少神；第一回讓你父親的男傭人從家鄉捎到上海去。他說了幾句閒話，你氣得在你父親面前哭了。第二回是帶着逃難，別人都說你傻子。你有你的想頭：

「沒有書怎麼教書？況且他又愛這個玩意兒。」其實你沒有曉得，那些書丟了也並不可惜；不過教你怎麼曉得，我平常從來沒和你談過這些個！總而言之，你的心是可感謝的。這十二年裏你為我吃的苦真不少，可是沒有過幾天好日子。我們在一起住，算來也還不到五個年頭。無論日子怎麼壞，無論是離是合，你從來沒對我發過脾氣，連一句怨言也沒有。——別說怨我，就是怨命也沒有過。老實說，我的脾氣可不大好，遷怒的事兒有的是。那些時候你往往抽噎着流眼淚，從不回嘴，也不號啕。不過我也只信得過你一個人，有些話我只和你一個人說，因為世界上只你一個人真關心我，真同情我。你不但為我吃苦，更為我分苦；我之有我現在的精神，大半是你給我培養着的。這些年來我很少生病，但我最不耐煩生病，生了病就呻吟不絕，鬧那伺候病的人。你是領教過一回的，那回只一兩點鐘，可是也夠麻煩了。你常生病，卻總不開口，掙扎着起來；一來怕攪我，二來怕沒人做你那份兒事。我有一個壞脾氣，怕聽人生病，也是真的。後來你天天發燒，自己還以為南方帶來的瘧疾，一直瞞着我。明明躺着，聽見我的腳步，一骨碌就坐起來。我漸漸有些奇怪，讓大夫一瞧，這可糟了，你的一個肺已爛了一個大窟窿了！大夫勸你到西山去靜養，你丟不下孩子，又捨不得錢；勸你在家裏躺着，你也丟不下那份兒家務。愈看愈不行了，這才送你回去。明知凶多吉少，想不到只一個月工夫你就完了！本來盼望還見得着你，這一來可拉倒了。你也何嘗想到這個？父親告訴我，你回家獨住着一所小住宅，還嫌沒有客廳，怕我回去不便哪。

段 4

前年夏天回家，上你墳上去了。你睡在祖父母的下首，想來還不孤單的。只是當年祖父母的壙太小了，你正睡在壙底下。這叫做「抗壙」，在生人看來是不安心的，等着想辦法罷。那時壙上壙下密密地長着青草，朝露浸濕了我的布鞋。你剛埋了半年多，只有壙下多出一塊土，別的全然看不出新墳的樣子。我和隱今夏回去，本想到你的墳上來，因為她病了，沒來成。我們想告訴你，五個孩子都好，我們一定盡心教養他們，讓他們對得起死了的母親——你！謙，好好兒放心安睡罷，你。

段 5

梁科慶

可有想過，朱自清為什麼喪妻三年後才寫〈給亡婦〉？為什麼題目不稱〈給亡妻〉？文章到底寫給誰看？

三個問題，同一答案。

若真有「在天之靈」這回事，朱自清寫文章給亡妻武仲謙（即文首的「謙」），夫妻之間的前塵往事，彼此心照不宣，無需鉅細無遺的一一交代；而且，文章集中讚揚亡妻昔日持家辛勞，卻無半句鶼蝶情話。顯然，其「目標讀者」不是亡妻，寫作目的亦非單純的悼念亡妻。

武仲謙 1929 年病逝。「日子真快，一眨眼你已經死了三個年頭了。」三年後的 1932 年，朱自清續弦再娶，與陳竹隱結為夫妻，即文末「我和隱今夏回去，本想到你墳上來；因為她病了沒來成」的「隱」。執筆之時，朱自清的妻子已是陳竹隱，新婚燕爾，把文章稱作〈給亡妻〉實在說不過去。再者，朱、武結合由父母一手包辦，婚姻毫無愛情基礎，婚後兩人聚少離多，「一起住，算來也還不到五個年頭」，武仲謙「短短的十二年結婚生活，有十一年耗費在孩子們身上」，兩人實在沒什麼情話可說，何況，文章的「目標讀者」是陳竹隱，不吃醋就不是女人，朱自清謹慎落墨，乃明智之舉。

陳竹隱不同武仲謙，她畢業於四川省第一女子師範學校，赴北京進修藝術，師承齊白石，又追隨溥西園學習昆曲，國畫和北昆都有高深造詣。更重要的是，她與朱自清的婚姻並非盲婚啞嫁，而是自由戀愛，據説朱自清憑七十一封纏綿的情書贏得佳人芳心。

談戀愛時無妨浪漫，婚後的生活卻以實際為重。朱自清家裏，上有父母，下有五個小孩，藝術家不是朱自清的理想妻房。他需要一個懂得相夫教子、煮飯洗衫、侍候翁姑的勞動型主婦，像武仲謙一般。

要求陳竹隱放下畫筆，拿起鑊鏟，留在家裏當「煮飯婆」，相信朱自清身為崇尚民主、進步的「五四文人」，怎也説不出口。既然説不出，就惟有寫：

「你雖不是什麼闊小姐，可也是自小嬌生慣養的。做起主婦來，什麼都得幹一兩手；你居然做下去了，而且高高興興的做下去了。」

「你的菜做得不壞，有一位老在行大大地誇獎過你。你洗衣服也不錯，夏天我綢的大褂大概總是你親自動手。」

「我是脾氣可不太好，遷怒的事兒有的是。那些時候你往往抽噎着眼淚，從不回嘴，也不號哭。」

任勞任怨，懂煮懂洗，就是當朱太太的基本條件。別人明不明白不是問題，陳竹隱曉得才是要緊。

後來，陳竹隱為朱自清再添三個小孩。三加五等於八，照顧八個小孩的起居飲食，絕不簡單，陳竹隱不得不完全捨棄藝術，務實地持家，達到朱自清的要求。

胡適說：「一切語言文字的作用在於達意表情；達意達得妙，表情表得好，就是文學。」[1] 這是寫文章的基本要求。〈給亡婦〉至少給我們一個寫作示範，首先鎖定「目標讀者」是誰，例如批改考試答題的老師、審核工作報告的上司、跟進投訴的政府官員，然後剪裁內容，應詳則詳，應略則略，鋪排次序，使用對方看得明白的語句，恰當地傳達自己的訊息，對方正確領會，沒錯誤解讀，便是成功的作品。

1 胡適：〈建設的文學革命論〉，收錄於《文學改良芻議》（台北：遠流，1988），頁59。

寫作指引

在〈給亡婦〉中，朱自清善用借事抒情，作者為了凸顯自己對亡妻的感情，在文中記述了多件事情，如第 2 段中講述亡妻對孩子的悉心照料與擔心惦記；第 3 段寫亡妻盡心盡力愛護與支持作者的事；第 4 段作者更進一步通過「撈什子書」的事，反映亡妻對丈夫的愛，又以作者生病跟亡妻的生病之事作對比，凸顯亡妻能夠捱苦忍氣的性情。多件事件中都抒發出作者對亡妻的讚許和愧疚之情。文章亦不乏作者的直接抒情語句，如第 2 段末「可憐，你的心我知道」；第 3 段末「壓死了你，我如何對得起你！」等。從直接抒情的話語中，可見作者率真地剖白自己對亡妻的思念與歉疚，真情直接深刻地流露。

朱自清還運用了第二人稱的寫作手法，文章一開頭是對亡妻「謙」的直接呼喚，然後不斷運用「你」來敍述，如「第一惦記的是你幾個孩子」、「告訴你」、「從來想不到做母親的要像你這樣」、「直到你死，我沒有還你」等等。作者直接將內心對亡妻的濃厚感情抒發，讀起來令人深受感動。

朱自清將文章當作書信來寫，有些作文題目則會設計成日記，例如文章開頭有這麼一段文字：「今天發生了兩件事，同樣需要路人幫忙，但人們反應竟不同，令我感受也不同。人生遭際真是時好時壞。」，以此為題目，要求續寫為日記，以記敍兩件事的經過和個人感受。雖然文類跟書信不一樣，但同樣可以嘗試運用借事抒情、直接抒情來寫作。題目中需要別人幫忙的事情都是麻煩事，寫作前先構思兩件遇到麻煩的事，然後再思考身邊的路人有何反應，既然反應不同，也許就意味着一件事有人幫忙，另一件沒有。從這兩件不同遭遇的事情中，抒發自己的內心感受。

翡冷翠山居閒話　徐志摩

在這裏出門散步去，上山或是下山，在一個晴好的五月的向晚，正像是去赴一個美的宴會，比如去一果子園，那邊每株樹上都是滿掛着詩情最秀逸的果實，假如你單是站着看還不滿意時，只要你一伸手就可以採取，可以恣嘗鮮味，足夠你性靈的迷醉。陽光正好暖和，決不過暖；風息是溫馴的，而且往往因為他是從繁花的山林裏吹度過來他帶來一股幽遠的淡香，連着一息滋潤的水氣，摩挲着你的顏面，輕繞着你的肩腰，就這單純的呼吸已是無窮的愉快；空氣總是明淨的，近谷內不生煙，遠山上不起靄，那美秀風景的全部正像畫片似的展露在你的眼前，供你閒暇的鑒賞。

段 1

作客山中的妙處，尤在你永不須躊躇你的服色與體態；你不妨搖曳着一頭的蓬草，不妨縱容你滿腮的苔蘚；你愛穿什麼就穿什麼；扮一個牧童，扮一個漁翁，裝一個農夫，裝一個走江湖的桀卜閃人，裝一個獵户；你再不必提心整理你的領結，你盡可以不用領結，給你的頸根與胸膛一半日的自由，你可以拿一條這邊顏色的長巾包在你的頭上，學一個太平軍的頭目，或是拜倫那埃及裝的姿態；但最要緊的是穿上你最舊的舊鞋，別管他模樣不佳，他們是頂可愛的好友，他們承着你的體重卻不叫你記起你還有一雙腳在你的底下。

段 2

這樣的玩頂好是不要約伴，我竟想嚴格的取締，只許你獨身；因為有了伴多少總得叫你分心，尤其是年輕的女伴，那是最危險最專制不過的旅伴，你應得躲避她像你躲避青草裏一條美麗的花蛇！平常我們從自己家裏走到朋友的家裏，或是我們執事的地方，那無非是在同一個大牢裏從一間獄室移到另一間獄室去，拘束永遠跟着我們，自由永遠尋不到我們；但在這春夏間美秀的山中或鄉間你要是有機會獨身閒逛時，那才是你福星高照的時候，那才是你實際領受，親口嘗味，自由與自在的時候，那才是你肉體與靈魂行動一致的時候；朋友們，我們多長一歲年紀往往只是加重我們頭上的枷，加緊我們腳脛上的鏈，我們見小孩子在草裏在沙堆裏在淺水裏打滾作樂，或是看見小貓追他自己的尾巴，何嘗沒有羨慕的時候，但我們的枷，我們的鏈永遠是制定我們行動的上司！所以只有你單身奔赴大自然的懷抱時，像一個裸體的小孩撲入他母親的懷抱時，你才知道靈魂的愉快是怎樣的，單是活着的快樂是怎樣的，單就呼吸單就走道單就張眼看聳耳聽的幸福是怎樣的。因此你得嚴格的為己，極端的自私，只許你，體魄與性靈，與自然同在一個脈搏裏跳動，同在一個音波裏起伏，同在一個神奇的宇宙裏自得。我們渾樸的天真是像含羞草似的嬌柔，一經同伴的牴觸，他就捲了起來，但在澄靜的日光下，和風中，他的姿態是自然的，他的生活是無阻礙的。

段 3

你一個人漫遊的時候，你就會在青草裏坐地仰臥，甚至有時打滾，因為草的和暖的顏色自然的喚起你童稚的活潑；在靜僻的道上你就會不自主的狂舞，看着你自己的身影幻出種種詭異的變相，因為道旁樹木的陰影在他們紆徐的婆娑裏暗示你舞蹈的快樂；你也會得信口的歌唱，偶爾記起斷片的音調，與你自己隨口的小曲，因為樹林中的鶯燕告訴你春光是應得讚美的；更不必説你的胸襟自然會跟着漫長的山徑開拓，你的心地會看着澄藍的天空靜定，你的思想和着山壑間的水聲，山罅裏的泉響，有時一澄到底的清澈，有時激起成章的波動，流，流，流入涼爽的橄欖林中，流入嫵媚的阿諾河去……

段 4

並且你不但不須應伴，每逢這樣的遊行，你也不必帶書。

書是理想的伴侶，但你應得帶書，是在火車上，在你住處的客室裏，不是在你獨身漫步的時候。什麼偉大的深沉的鼓舞的清明的優美的思想的根源不是可以在風籟中，雲彩裏，山勢與地形的起伏裏，花草的顏色與香息裏尋得？自然是最偉大的一部書，葛德説，在他每一頁的字句裏我們讀得最深奧的消息。並且這書上的文字是人人懂得的；阿爾帕斯與五老峰，雪西裏與普陀山，萊因河與揚子江，梨夢湖與西子湖，建蘭與瓊花，杭州西溪的蘆雪與威尼市夕照的紅潮，百靈與夜鶯，更不提一般黃的黃麥，一般紫的紫籐，一般青的青草同在大地上生長，同在和風中波動——他們應用的符號是永遠一致的，他們的意義是永遠明顯的，只要你自己心靈上不長瘡瘢，眼不盲，耳不塞，這無形跡的最高等教育便永遠是你的名分，這不取費的最珍貴的補劑便永遠供你的受用；只要你認識了這一部書，你在這世界上寂寞時便不寂寞，窮困時不窮困，苦惱時有安慰，挫折時有鼓勵，軟弱時有督責，迷失時有南針。

段 5

梁科慶

新詩是分行的散文，這話極富爭議。如果我說，徐志摩的〈翡冷翠山居閒話〉是不分行的新詩，相信沒多少爭議的空間，因為這篇詩化小品，公認為五四獨步的佳作。

有說徐志摩感情、事業統統不遂意，飛往意大利找泰戈爾一訴衷腸，泰戈爾卻返回印度，徐志摩跑了個空，便寄情翡冷翠（Firenze，一般譯作佛羅倫斯）的山水，遣意抒懷，寫下此文。[1] 實情是否如此？無需考究，直接欣賞佳作最為實際。

王維詩中有畫，徐志摩則文中有畫，〈翡〉文的起筆，匠心獨運，已見其不凡。徐志摩在山間散步，與第二人稱的「你」作伴，置身一個「晴好的五月的向晚」，近谷不生煙，遠山起靄，首先映入眼簾的是一處果子園，樹上「滿掛着詩情最秀逸的果實」，那些果實不僅是遠景，更是可摘可嘗的實體。陽光「暖和」，風息「溫馴」，風從「繁花的山林裏」吹度過來，帶着一股「幽遠的澹香」，還有一息「濕潤的水氣」。景物由遠而近，又由近而遠，高低遠近，虛實相間，層次分明。味道、濕度、溫度、氣味、感覺、色調等元素，配搭諧和，以具體的意象代替概念化的語言，所展現的山水田園畫，深具 3D 效果。

全文以與「你」交談的口吻、閒話的敍述方式展開，信步而行，邊走邊聊，親切自然，無拘無束，沒帶令「你」分心的年輕女伴，亦不必攜書，不受羈絆，了無牽掛，或坐，或臥，甚或在草地上打滾，自由奔放，沒明顯的「起承轉合」，也沒謀篇佈局，作者完全融入大自然之中，讀者融入文章的秀美、寧靜、澄明之中，一同迷失自己。

1 1925 年前後，徐志摩與新月社文友有隙，又與創造社有文字糾紛，另外，先因離婚與老父反目、與老師梁啟超產生矛盾，後與陸小曼戀愛，而陸小曼的丈夫亦是梁門弟子，因而與梁啟超的矛盾加深。引自吳希華、宋玉華：《獨步的文學人：解讀徐志摩》（北京：中國文聯，2006），頁 91。

寫作指引

徐志摩的作品擅長描寫，更擅長將情感滲透在所見景物中，可說最能表現情景交融的境界。〈翡冷翠山居閒話〉中就有不少極細膩的描寫，而將這幅如畫之景呈現眼前的方法非常簡單，就不過是常用的比喻和擬人。

徐志摩巧妙地運用大量比喻來描寫，而且明喻、暗喻、借喻夾雜使用，令人彷彿可以看到真實景貌，深刻具體。從這些比喻中，還能體現徐志摩對大自然自由自在生活的喜愛與歌頌、對俗世社會中的束縛生活之厭惡。可細閱以下例子：

1. 明喻：「因為有了伴多少總得叫你分心，尤其是年輕的女伴，那是最危險最專制不過的旅伴，你應得躲避她像你躲避青草裏一條美麗的花蛇！」

2. 明喻：「所以只有你單身奔赴大自然的懷抱時，像一個裸體的小孩撲入他母親的懷抱時，你才知道靈魂的愉快是怎樣的，單是活着的快樂是怎樣的，單就呼吸單就走道單就張眼看聳耳聽的幸福是怎樣的。」

3. 暗喻：「平常我們從自己家裏走到朋友的家裏，或是我們執事的地方，那無非是在同一個大牢裏從一間獄室移到另一間獄室去，拘束永遠跟着我們，自由永遠尋不到我們。」

4. 借喻：「你不妨搖曳着一頭的蓬草，不妨縱容你滿腮的苔蘚。」

由於徐志摩對自然的熱愛，在他筆下的所有景物都用了擬人手法，恍如人一樣富有人的行動與情感。例如第 1 段中，溫馴的風會「摩挲着你的顏面」；第 4 段中，雀鳥懂得與人說話——「樹林中的鶯燕告訴你春光是應得讚美的」。一切的景物因擬人手法而變得生動，帶有情味。

描寫的部分已經如此豐富，作者又如何抒情，在景致中滲入情感呢？原來特別加強文章感染力的方法是運用第二人稱。文中不斷用「你」，令閱讀的人置身美麗景致當中，所有感受，不論靜定、快樂、激動都源自所見事物，自然會產生與作者相同的情感——將身心投進大自然的寫意自在中，請再細閱、欣賞本文第 4 段的文字。

欣賞過徐志摩如何創造情景交融的作品，大家也可以嘗試從生活中思考類似的題材，譬如香港有不少土地都是郊野綠化帶，而每年的學校旅行或地理與生物課的考察總會有一兩次到郊野公園，大家可以「走進郊野中」為題寫作，描述自己所見到的郊野景貌，並表達自己的感受。首先要了解香港的郊野，例如地理位置、地形特點、動植物的品種等。在描寫的過程中，要將不常在鬧市見到的事物，通過比喻和擬人的方式作描寫，令事物的形象更具體清晰地表現在讀者眼前。為了令文章的情感更加豐富和具感染力，寫作時請用第二人稱——「你」來描述，寫出「你」在郊野環境中的感受。

北戴河海濱的幻想　徐志摩

他們都到海邊去了，我為左眼發炎不曾去。我獨坐在前廊，偎坐在一張安適的大椅內，袒着胸懷，赤着腳，一頭的散髮，不時有風來撩拂。清晨的晴爽，不曾消醒我初起時睡態；但夢思卻半被曉風吹斷。我闔緊眼簾內視，只見一斑斑消殘的顏色，一似晚霞的餘赭，留戀地膠附在天邊。廊前的馬櫻、紫荊、籐蘿、青翠的葉與鮮紅的花，都將他們的妙影映印在水汀上，幻出幽媚的情態無數；我的臂上與胸前，亦滿綴了綠蔭的斜紋。從樹蔭的間隙平望，正見海灣：海波亦似被晨曦喚醒，黃藍相間的波光，在欣然的舞蹈。灘邊不時見白濤湧起，迸射着雪樣的水花。浴線內點點的小舟與浴客，水禽似的浮着；幼童的歡叫，與水波拍岸聲，與潛濤嗚咽聲，相間的起伏，競報一灘的生趣與樂意。但我獨坐的廊前，卻只是靜靜的，靜靜的無甚聲響。嫵媚的馬櫻，只是幽幽的微輾着，蠅蟲也斂翅不飛。只有遠近樹裏的秋蟬，在紡紗似的縴引他們不盡的長吟。

段 1

在這不盡的長吟中，我獨坐在冥想。難得是寂寞的環境，難得是靜定的意境；寂寞中有不可言傳的和諧，靜默中有無限的創造。我的心靈，比如海濱，生平初度的怒潮，已經漸次的消翳，只賸有疏鬆的海砂中偶爾的迴響，更有殘缺的貝殼，反映星月的輝芒。此時摸索潮餘的斑痕，追想當時洶湧的情景，是夢或是真，再亦不須辨問，只此眉梢的輕皺，唇邊的微哂，已足解釋無窮奧緒，深深的蘊伏在靈魂的微纖之中。

段 2

青年永遠趨向反叛，愛好冒險；永遠如初度航海者，幻想黃金機緣於浩淼的煙波之外；想割斷繫岸的纜繩，扯起風帆，欣欣的投入無垠的懷抱。他厭惡的是平安，自喜的是放縱與豪邁。無顏色的生涯，是他目中的荊棘；絕海與凶巘，是他愛取自由的途徑。他愛折玫瑰：為她的色香，亦為她冷酷的刺毒。他愛搏狂瀾：為他的莊嚴與偉大，亦為他吞噬一切的天才，最是激發他探險與好奇的動機。他崇拜衝動：不可測，不可節，不可預逆，起，動，消歇皆在無形中，狂飆似的倏忽與猛烈與神祕。他崇拜鬥爭：從鬥爭中求劇烈的生命之意義，從鬥爭中求絕對的實在，在血染的戰陣中，呼噭勝利之狂歡或歌敗喪的哀曲。

段3

幻象消滅是人生裏命定的悲劇；青年的幻滅，更是悲劇中的悲劇，夜一般的沉黑，死一般的凶惡。純粹的，猖狂的熱情之火，不同阿拉亭的神燈，只能放射一時的異彩，不能永久的朗照；轉瞬間，或許，便已斂熄了最後的焰舌，只留存有限的餘燼與殘灰，在未滅的餘溫裏自傷與自慰。

段4

流水之光，星之光，露珠之光，電之光，在青年的妙目中閃耀，我們不能不驚訝造化者藝術之神奇；然可怖的黑影，倦與衰與飽饜的黑影，同時亦緊緊的跟着時日進行，彷彿是煩惱、痛苦、失敗，或庸俗的尾曳，亦在轉瞬間，彗星似的掃滅了我們最自傲的神輝——流水涸，明星沒，露珠散滅，電閃不再！

段5

在這豔麗的日輝中，只見愉悅與歡舞與生趣，希望，閃爍的希望，在蕩漾，在無窮的碧空中，在綠葉的光澤裏，在蟲鳥的歌吟中，在青草的搖曳中——夏之榮華，春之成功。春光與希望，是長駐的；自然與人生，是調諧的。

段6

在遠處有福的山谷內，蓮馨花在坡前微笑，稚羊在亂石間跳躍，牧童們，有的吹看蘆笛，有的平臥在草地上，仰看變幻的浮游的白雲，放射下的青影在初黃的稻田中縹緲地移過。在遠處安樂的村中，有妙齡的村姑，在流澗邊照映她自製的春裙；口啣煙斗的農夫三四，在預度秋收的豐盈，老婦人們坐在家門外陽光中取暖，他們的周圍有不少的兒童，手擎着黃白的錢花在環舞與歡呼。 段 7

在遠——遠處的人間，有無限的平安與快樂，無限的春光…… 段 8

在此暫時可以忘卻無數的落蕊與殘紅；亦可以忘卻花蔭中掉下的枯葉，私語地預告三秋的情意；亦可以忘卻苦惱的殭癟的人間，陽光與雨露的殷勤，不能再恢復他們腮頰上生命的微笑；亦可以忘卻紛爭的互殺的人間，陽光與雨露的仁慈，不能感化他們凶惡的獸性；亦可以忘卻庸俗的卑瑣的人間，行雲與朝露的豐姿，不能引逗他們刹那間的凝視；亦可以忘卻自覺的失望的人間，絢爛的春時與媚草，只能反激他們悲傷的意緒。 段 9

我亦可以暫時忘卻我自身的種種；忘卻我童年期清風白水似的天真；忘卻我少年期種種虛榮的希冀；忘卻我漸次的生命的覺悟；忘卻我熱烈的理想的尋求；忘卻我心靈中樂觀與悲觀的鬥爭；忘卻我攀登文藝高峰的艱辛；忘卻刹那的啟示與徹悟之神奇；忘卻我生命潮流之驟轉；忘卻我陷落在危險的旋渦中之幸與不幸；忘卻我追憶不完全的夢境；忘卻我大海底裏埋着

的祕密；忘卻曾經刳割我靈魂的利刃，炮烙我靈魂的烈焰，摧毀我靈魂的狂飆與暴雨；忘卻我的深刻的怨與艾；忘卻我的冀與願；忘卻我的恩澤與惠感，忘卻我的過去與現在……

段 10

過去的實在，漸漸的膨脹，漸漸的模糊，漸漸的不可辨認；現在的實在，漸漸的收縮，逼成了意識的一線，細極狹極的一線，又裂成了無數不相聯續的黑點……黑點亦漸次的隱翳，幻術似的滅了，滅了，一個可怕的黑暗的空虛……

段 11

導讀

梁科慶

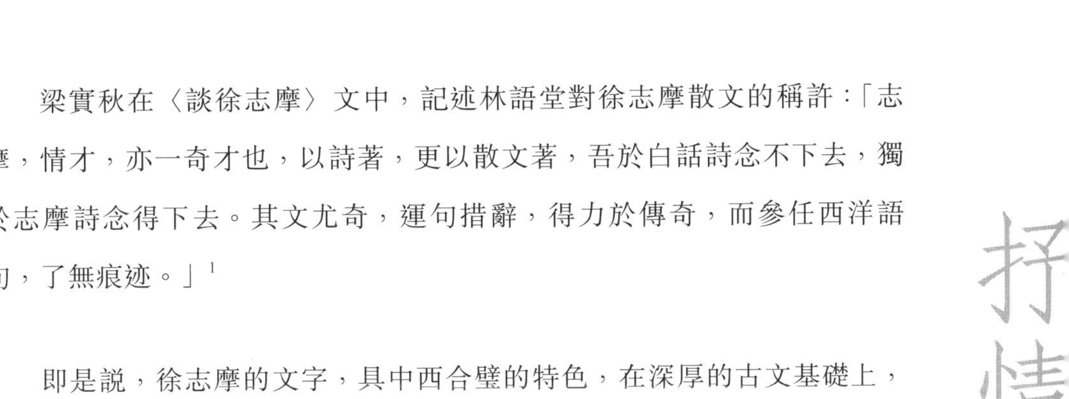

梁實秋在〈談徐志摩〉文中，記述林語堂對徐志摩散文的稱許：「志摩，情才，亦一奇才也，以詩著，更以散文著，吾於白話詩念不下去，獨於志摩詩念得下去。其文尤奇，運句措辭，得力於傳奇，而參任西洋語句，了無痕迹。」[1]

即是說，徐志摩的文字，具中西合璧的特色，在深厚的古文基礎上，吸納「不蹩腳」的西化語言，渾然天成，形成獨特的文字風格。例如，〈北戴河海濱的幻想〉的開段：「我闔緊眼簾內視，只見一斑斑消殘的顏色，一似晚霞的餘赭，留戀地膠附在天邊。廟前的馬櫻、紫荊、籐蘿、青翠的葉與鮮紅的花，都將他們的妙影映印在水汀上，幻出幽媚的情態無數……」有聲有色的把海灣的「生趣與樂意」描摹出來。高明之處，不僅在於遣詞用字的奇、趣、險、妙，還運用了新詩的節奏，以及大量意象的具體描劃，交織出一幅詩情畫意，藝術水平極高。

徐志摩一生浪漫，思想、言行與俗不同。他散髮赤腳的偎坐臨海的大椅，環境熱鬧，心境卻是「難得的靜默」，靜得連蠅蟲也斂翅不飛，只有「遠近樹裏的秋蟬，在紡紗似的垂引牠們不盡的長吟」。在那不盡的長吟之中，徐志摩行文隨着意識的流轉，是景，是感，是幻想，盡皆自說自話。寫的隨意，讀的也隨意。最後的五百字，連用二十三個「忘卻」，完全忘情忘憂忘我，令人歎為觀止。

老實說，徐志摩的散文只宜欣賞，不宜模仿。世上，詩人不少，出色的，沒多少個，一般的寫作可藉着反復練習達致進步，當作家卻要多一點天賦，而當一個出色的詩人，恐怕要求更高，沒有學貫中西的文學修養，欠缺詩人的情懷和感悟，勉強模仿徐志摩，形似神不似，只怕畫虎不成反類犬。

1 梁實秋：〈談徐志摩〉，收錄於《梁實秋散文第一集》（北京：中國廣播電視出版社，1989），頁 182。

寫作指引

徐志摩的〈北戴河海濱的幻想〉是一篇描寫加上抒情的文章，運用的寫作手法比較複雜，其中一種是虛寫，虛寫是將想像或夢境等非真實情景加進文章中的手法。另一種是聯想，即是由眼前的事物想到另一非眼前事物的心理活動，特點是在觀察時找出兩種事物的相似點。

先談談虛寫，第 1 段中作者在半睡半醒狀態，恍恍惚惚地進入自己的想像空間：「我闔緊眼簾內視，只見一斑斑消殘的顏色，一似晚霞的餘赭，留戀地膠附在天邊。」闔着眼睛根本就不可能見到任何事物，作者看到的只是自己的虛構景象，而並非真實存在的。在第 7 段中就有更明顯的虛寫情節，作者只是坐在前廊，卻能仔細看到遠山之外的細微景致，固然是不可能發生的，這些情境全都出自作者的想像。

至於聯想手法，在第 1 段中，作者充分刻劃了海濱寂靜和諧、惹人神思的環境，為後文進入冥想作出了鋪墊。在第 2 段，作者開始獨坐在前廊冥想，從眼前所見的海濱美景聯想到自己的心靈狀態 —— 年輕的熱情隨着歲月而消逝，外在的景致彷彿與自己的內心融為一體：

「我的心靈，比如海濱，生平初度的怒潮，已經漸次的消翳，只賸有疏鬆的海砂中偶爾的迴響，更有殘缺的貝殼，反映星月的輝芒。此時摸索潮餘的斑痕，追想當時洶湧的情景，是夢或是真，再亦不須辨問，

抒情文

只此眉梢的輕皺，唇邊的微哂，已足解釋無窮奧緒，深深的蘊伏在靈魂的微纖之中。」

虛寫和聯想確是兩種較難掌握的寫作手法，重點是將外在客觀世界的事物與個人主觀的內心作比較，尋找二者的相似點，這樣就容易令情景結合。為了便於學習，這次以一條開闊想像的題目「生命如……」（請自己把認為合適的比喻填寫進題目中，然後以此為題）來寫作。許多人對於生命都有不同想法，例如想像成河流、歷險、彩虹、道路、戰爭、四季、日夜、不同動物等，各式各樣的事物都與生命有着相似性，全都可用作虛寫和聯想手法的素材。至於寫作虛寫和聯想的手法，具體可參考以下幾點：

1. 像本文開頭部分那樣，設計一個自己身處的場景作為引發想像的空間，而這個空間應與自己將生命想像成的事物有關。

2. 以描述夢境的方法運用虛寫，通過夢境所見景象反映自己的感情。

3. 尋找現實事物與個人對生命理解的相似點，運用聯想手法，由現實中的事物景象進入想像空間當中。

故都的秋　郁達夫

秋天，無論在什麼地方的秋天，總是好的；可是啊，北國的秋，卻特別來得清，來得靜，來得悲涼。我的不遠千里，要從杭州趕上青島，更要從青島趕上北平來的理由，也不過想飽嘗一嘗這「秋」，這故都的秋味。

段 1

江南，秋當然也是有的；但草木凋得慢，空氣來得潤，天的顏色顯得淡，並且又時常多雨而少風；一個人夾在蘇州上海杭州，或廈門香港廣州的市民中間，渾渾沌沌地過去，只能感到一點點清涼，秋的味，秋的色，秋的意境與姿態，總看不飽，嘗不透，賞玩不到十足。秋並不是名花，也並不是美酒，那一種半開、半醉的狀態，在領略秋的過程上，是不合適的。

段 2

不逢北國之秋，已將近十餘年了。在南方每年到了秋天，總要想起陶然亭的蘆花、釣魚台的柳影、西山的蟲唱、玉泉的夜月、潭柘寺的鐘聲。在北平即使不出門去罷，就是在皇城人海之中，租人家一椽破屋來住着，早晨起來，泡一碗濃茶，向院子一坐，你也能看得到很高很高的碧綠的天色，聽得到青天下馴鴿的飛聲。從槐樹葉底，朝東細數着一絲一絲漏下來的日光，或在破壁腰中，靜對着像喇叭似的牽牛花（朝榮）的藍朵，自然而然地也能感覺到十分的秋意。說到了牽牛花，我以為以藍色或白色者為佳，紫黑色次之，淡紅色最下。最好，還要在牽牛花底，教長着幾根疏疏落落的尖細且長的秋草，使作陪襯。

段 3

北國的槐樹，也是一種能使人聯想起秋來的點綴。像花而又不是花的那一種落蕊，早晨起來，會鋪得滿地。腳踏上去，聲音也沒有，氣味也沒有，只能感出一點點極微細極柔軟的觸覺。掃街的在樹影下一陣掃後，灰土上留下來的一條條掃帚的絲紋，看起來既覺得細膩，又覺得清閒，潛意識下並且還覺得有點兒落寞，古人所說的梧桐一葉而天下知秋的遙想，大約也就在這些深沉的地方。

段 4

秋蟬的衰弱的殘聲，更是北國的特產；因為北平處處全長着樹，屋子又低，所以無論在什麼地方，都聽得見牠們的啼唱。在南方是非要上郊外或山上去才聽得到的。這秋蟬的嘶叫，在北平可和蟋蟀耗子一樣，簡直像是家家戶戶都養在家裏的家蟲。

段 5

還有秋雨哩，北方的秋雨也似乎比南方的下得奇，下得有味，下得像樣。

段 6

在灰沉沉的天底下，忽而來一陣涼風，便息列索落地下起雨來了。一層雨過，雲漸漸地卷向了西去，天又青了，太陽又露出臉來了；著着很厚的青布單衣或夾襖的都市閒人，咬着煙管，在雨後的斜橋影裏，上橋頭樹底下去一立，遇見熟人，便會用了緩慢悠閒的聲調，微歎着互答着的說：

段 7

「唉，天可真涼了——」（這了字念得很高，拖得很長。）

段 8

「可不是麼？一層秋雨一層涼了！」

段 9

北方人念陣字，總老像是層字，平平仄仄起來，這念錯的岐韻，倒來得正好。

段 10

北方人的果樹，到秋來，也是一種奇景。第一是棗子樹；屋角，牆頭，茅房邊上，灶房門口，它都會一株株地長大起來。像橄欖又像鴿蛋似的這棗子顆兒，在小橢圓的細葉中間，顯出淡綠微黃的顏色的時候，正是秋的全盛時期；等棗樹葉落，棗子紅完，西北風就要起來了。北方便是塵沙灰土的世界，只有這棗子、柿子、葡萄，成熟到八九分的七八月之交，是北國的清秋的佳日，是一年之中最好也沒有的 Golden Days。

段 11

有些批評家說，中國的文人學士，尤其是詩人，都帶着很濃厚的頹廢色彩，所以中國的詩文裏，頌讚秋的文字特別的多。但外國的詩人，又何嘗不然？我雖則外國詩文念得不多，也不想開出帳來，做一篇秋的詩歌散文鈔，但你若去一翻英德法意等詩人的集子，或各國的詩文的 Anthology 來，總能夠看到許多關於秋的歌頌與悲啼。各著名的大詩人的長篇田園詩或四季詩裏，也總以關於秋的部分，寫得最出色而最有味。足見有感覺的動物，有情趣的人類，對於秋，總是一樣的能特別引起深沉、幽遠、嚴厲、蕭索的感觸來的。不單是詩人，就是被關在牢獄裏的囚犯，到了秋天，我想也一定會感到一種不能自已的深情；秋之於人，何嘗有國別，更何嘗有人種階級的區別呢？不過在中國，文字裏有一個「秋士」的成語，讀本裏又有着很普遍的歐陽子的《秋聲》與蘇東坡的《赤壁賦》等，就覺得中國的文人，與秋的關係特別深了，可是這秋的深味，尤其是中國的秋的深味，非要在北方，才感受得到底。

段 12

南國之秋，當然是也有它的特異的地方的，比如廿四橋的明月、錢塘江的秋潮、普陀山的涼霧、荔枝灣的殘荷等等，可是色彩不濃，回味不永。比起北國的秋來，正像是黃酒之與白乾，稀飯之與饃饃，鱸魚之與大蟹，黃犬之與駱駝。

段 13

秋天，這北國的秋天，若留得住的話，我願把壽命的三分之二折去，換得一個三分之一的零頭。

段 14

導讀

阿谷

郁達夫在近代中國作家中是富有爭議性的，儘管他的文字是這樣的通透玲瓏，大江健三郎以為他是「亞洲現代主義文學的先驅」。

1896 年在浙江富陽出生的郁達夫，九歲已經能賦詩歌，有舊文學根柢。但二十三歲往日本留學，以日記形式發表的小説《沉淪》，一出版已震驚了亞洲文壇。作為一位青春男子所具有的性疑惑、作為天地間一個人的生的意義、作為中國人的悲感，都含有強烈的「自我」色彩，用浪漫小説的形態揭露，好像一聲「對不起」也懶得説，便跟中國傳統文學的立德立言分道了、脱鈎了。如果大江健三郎以為他是現代文學的「先驅」者，我們應該可以認同的。

文章的可貴處在於其創造性、在於其破舊性，不過，以〈故都的秋〉為例，郁達夫夠得上「亞洲現代主義文學的先驅」的稱號嗎？

郁達夫從五個景致描寫了秋天，大景中扣住小景，即景中有景，然後又像處理藝術作品一樣，透過聲音、光線和顏色象貌秋的印象，這樣的佳作，要郁達夫自己再寫同樣的春或夏，都不可能了。〈故都的秋〉成為散文教材，被廣泛使用，甚至到了令人有黏膩的感覺。可是，大家朗讀這篇美文時，心中有什麼感覺？跟王勃〈滕王閣序〉的「落霞與孤鶩齊飛，秋水共長天一色」分別大不大？郁達夫恐怕是又走回舊路了：注重修辭，走舊文學路線，談不上創新。1921 年，郁達夫與郭沫若、成仿吾等人成立了文學組織「創造社」，魯迅就曾跟郁達夫開了「創造」的玩笑，說「我和達夫先生見面得最早，臉上也看不出那麼一種創造氣，所以相遇之際，也隨便談談；對於文學的意見，我們恐怕是不能一致的吧……」

無論如何，郁達夫的散文仍是耐讀的。已經有很多人談論過故都的秋，不如說江南的秋吧。這江南的秋，作者放在第二段，先說南國的秋作比較，再引入正題談北國的秋。南國不是沒有秋，但作者以為不能飽嚐；為什麼不能飽嚐？作者用了「慢」、「淡」和「潤」三個層次來形容。試想像一下食物，如果菜餚上得慢，來了又是淡淡的，滋味到底如何？秋的潤不好嗎？作者說「空氣來得潤」，那是「多雨而少風的緣故」，於是人給滯留了，進退不得，作者用了一個「夾」字來形容其間的心情：「一個人夾在蘇州上海杭州，或廈門香港廣州的市民中間，渾渾沌沌地過去，……」一個「夾」字帶動了全段的情緒。作者用字真的是妙到毫巔。

至於全篇的神髓，仍數兩句：

「唉，天可真涼了 —— 」

「可不是麼？一層秋雨一層涼啦！」

這真是神來之筆！極有可能，郁先生先想到斜橋上那一幫都市閒人，然後再一層一層把筆墨推開。或許我說的不對，但喜歡寫文章的朋友，不妨模仿一下，我想，寫出來的文章也不壞。

寫作指引

秋天是不少文人筆下的題材，郁達夫眼中的秋天不是到處一個樣子的，他筆下的秋天絕不能信手拈來，而是自己故鄉的秋天，表達對其喜愛之情。

描寫故鄉秋天的獨特一面，郁達夫巧妙運用了對比。在第 2 段中，郁達夫描寫了南方各地，包括江南、「蘇州上海杭州」、「廈門香港廣州」的秋天像半開的名花、半醉的美酒，總令人覺得秋色、意境和姿態都不足，用以對比故都北國之秋才能讓人飽嚐秋味。第 13 段再作一次對比，指出南國之秋雖有其特異的地方，但也強調南國之秋與故都北國始終風味不同。

在文章中，總令人覺得郁達夫對秋天有「先入為主」的觀念——故都之秋才是最好的，別處比不上，描寫出來的景色也最美麗。這是因為郁達夫在描寫時運用了主觀描寫，主觀描寫是指將個人的情感加進客觀事物中的描寫手法。通過主觀描寫，〈故都的秋〉中任何一項故都秋景都富有郁達夫的個人情意，如寫秋雨時，雨沒有特別情感可言，郁達夫卻認為情味十足：「還有秋雨哩，北方的秋雨也似乎比南方的下得奇，下得有味，下得像樣。」

故鄉是充滿令人思念的土地，杜甫說過：「月是故鄉明」，同樣是主觀感受投射在客觀景物之上，大家可以「香港的秋」為題寫作，描寫香港秋天的獨特景貌。首先大家先了解清楚香港的風貌，選取最令自己感受深刻或喜愛的事物作題材，然後依據以下兩點寫作：

1. 運用對比手法，比較香港與其他地方之風貌差別，諸如氣候、環境、歷史、人文、風俗等，以凸顯香港的與別不同。

2. 運用主觀描寫手法作描寫，為景物添加自己的主觀情感，從而表達個人對香港的秋天的感覺。

海燕　鄭振鐸

烏黑的一身羽毛，光滑漂亮，積伶積俐，加上一雙剪刀似的尾巴，一對勁俊輕快的翅膀，湊成了那樣可愛的活潑的一隻小燕子。當春間二三月，輕風微微地吹拂着，如毛的細雨無因地由天上灑落着，千條萬條的柔柳，齊舒了牠們的黃綠的眼，紅的白的黃的花，綠的草，綠的樹葉，皆如趕赴市集者似的奔聚而來，形成了爛熳無比的春天時，那些小燕子，那末伶俐可愛的小燕子，便也由南方飛來，加入了這個雋妙無比的春景的圖畫中，為春光平添了許多的生趣。小燕子帶了牠的雙剪似的尾，在微風細雨中，或在陽光滿地時，斜飛於曠亮無比的天空之上，唧的一聲，已由這裏稻田上，飛到了那邊的高柳之下了。再幾隻卻雋逸地在粼粼如縠紋的湖面橫掠着，小燕子的剪尾或翼尖，偶沾了水面一下，那小圓暈便一圈一圈地蕩漾了開去。那邊還有飛倦了的幾對，閒散地憩息於纖細的電線上，——嫩藍的春天，幾支木杆，幾痕細線連於杆與杆間，線上是停着幾個粗而有致的小黑點，那便是燕子，是多麼有趣的一幅圖畫呀！還有一家家的快樂家庭，他們還特為我們的小燕子備了一個兩個小巢，放在廳楔的最高處，假如這家有了一個匾額，那匾後便是小燕子最好的安巢之所。第一年，小燕子來住了；第二年，我們的小燕子，就是去年的一對，牠們還要來住。

段 1 ____________________

「燕子歸來尋舊壘。」

段 2 ____________________

還是去年的主，還是去年的賓，他們賓主間是如何的融融泄泄呀！偶然的有幾家，小燕子卻不來光顧，那便很使主人憂戚，他們邀召不到那末雋逸的嘉賓，每以為自己命運的蹇劣呢。

段 3 ____________________

這便是我們故鄉的小燕子，可愛的活潑的小燕子，曾使幾多的孩子們歡呼着，注意着，沉醉着，曾使幾多的農人們、市民們憂戚着，或舒懷地指點着，且曾平添了幾多的春色，幾多的生趣於我們的春天的小燕子！

段 4 ____________________

如今，離家是幾千里！離國是幾千里！托身於浮宅之上，
段 5 奔馳於萬頃海濤之間，不料卻見着我們的小燕子。

這小燕子，便是我們故鄉的那一對、兩對麼？便是我們今
段 6 春在故鄉所見的那一對、兩對麼？

見了牠們，遊子們能不引起了，至少是輕煙似的，一縷兩
段 7 縷的鄉愁麼？

海水是皎潔無比的蔚藍色，海波是平穩得如春晨的西湖一樣，偶有微風，只吹起了絕細絕細的千萬個粼粼的小縐紋，這更使照曬於初夏之太陽光之下的、金光燦爛的水面顯得溫秀可喜。我沒有見過那末美的海！天上也是皎潔無比的蔚藍色，只有幾片薄紗似的輕雲，平貼於空中，就如一個女郎，穿了絕美的藍色夏衣，而頸間卻圍繞了一段絕細絕輕的白紗巾。我沒有見過那末美的天空！我們倚在青色的船欄上，默默地望着這絕美的海天；我們一點雜念也沒有，我們是被沉醉了，我們是被
段 8 帶入晶天中了。

就在這時，我們的小燕子，二隻、三隻、四隻，在海上出現了。牠們仍是雋逸地從容地在海面上斜掠着，如在小湖面上一樣；海水被牠的似剪的尾與翼尖一打，也仍是連漾了好幾圈圓暈。小小的燕子，浩莽的大海，飛着飛着，不會覺得倦麼？

不會遇着暴風疾雨麼？我們真替牠們擔心呢！

段 9

小燕子卻從容地憩着了。牠們展開了雙翼，身子一落，落在海面上了，雙翼如浮圈似的支持着體重，活是一隻烏黑的小水禽，在隨波上下地浮着，又安閒，又舒適。海是牠們那末安好的家，我們真是想不到。

段 10

在故鄉，我們還會想像得到我們的小燕子是這樣的一個海上英雄麼？

段 11

海水仍是平貼無波，許多絕小絕小的海魚，為我們的船所驚動，羣向遠處竄去；隨了牠們飛竄着，水面起了一條條的長痕，正如我們當孩子時之用瓦片打水鏢在水面所劃起的長痕。這小魚是我們小燕子的糧食麼？

段 12

小燕子在海面上斜掠着，浮憩着。牠們果是我們故鄉的小燕子麼？

段 13

啊，鄉愁呀，如輕煙似的鄉愁呀！

段 14

阿谷

可能我們都遇過這種情況：和朋友走在街上，忽然看見一個景物，與深藏在腦海中的一組記憶碰觸着，沒有預兆地，整個人愣在那兒，走進了時光隧道，茫然地細味着。直到朋友在耳旁呼喚：「怎麼了？」你隨即回過神來，但與過去相遇的一瞬，那情緒的起伏，卻欲語無言，隨口說：「沒什麼，走神了。」

1925 年 5 月，離開上海的家，離開了剛結婚兩年的妻子，結束了以自己的家為基地的辦報事業，倉皇踏上遠赴法國的大洋船。此去並不是遊學，也並不是舉家移民，而是逃避一場政治災難。此去，不知前面，不知將來，更不知離別了的親人，終於能否再見。

懷着這種心情的作者，在海上，忽然的，看見了海燕，即時想起了家鄉的黑燕子，二者除了形態相像之外，分明是不同種類的燕子。作者凝神的注視，仍禁不住一再的問：「這小燕子，便是我們故鄉的那一對、兩對麼？便是我們今春在故鄉所見的那一對、兩對麼？」「小燕子在海上斜掠着，浮憩着。牠們果是我們故鄉的小燕子麼？」誰會給作者答案？肯定是徒然的。作者也不急於得到答案，因為，他已深深地陷落在無端的鄉愁之中——「見了牠們，遊子們能不引起了，至少輕煙似的，一縷兩縷的鄉愁麼？」「啊，鄉愁呀，如輕煙似的鄉愁呀！」這正好是「觸景生情」、「融情入景」的最佳例子！

很難想像，在如此起伏動盪的浮生中，作者能寫出如〈海燕〉般的佳作。對燕子細膩的描寫、對家鄉溫潤的故事性陳述，對大海浪漫又富於想像的比擬，給讀者帶來一幅又一幅美不勝收的圖畫。

婉轉輕靈的筆觸，透露着作者心底事。看見燕子，他不是想起上海的家，而是更遙遠的兒時的故鄉。在那兒，作者度過了最踏實的、令人沉醉的多少個春天。生活有如停在電線上的小燕子——「閒散的憩息」，如果要有什麼操心的事兒，只不過是去年在廳樑上築巢的燕子，恐怕今春不再來作客了！

每個人渴望的、靈魂最深深處的，到底是什麼？你嚮往着怎樣的國？但中國人，像作者一樣，很多時候都只能讓心靈漂泊着，寄託燕子，寄託鄉愁的幾回奢望！

寫作指引

〈海燕〉是一篇典型的借物抒情文章，作者借用小小的海燕來寄託遊子思鄉的情感。遊子思鄉情是個老話題，而海燕與思鄉有何關係呢？原來關係在於燕子的特性——喜愛在人家的屋簷上築巢，這與人親近的習性，自然令人感到溫馨和親切。另外，燕子是候鳥，每年都會因季節轉變而南遷北移，因為遷移而回到原居處，這就更叫人聯想到回家這事了。

借物抒情首要對主角海燕作出深刻細緻的描寫，第 1 段把海燕的外在形象、生活習性都描繪得鉅細無遺：

「烏黑的一身羽毛，光滑漂亮，積伶積俐，加上一雙剪刀似的尾巴，一對勁俊輕快的翅膀，湊成了那樣可愛的活潑的一隻小燕子。……那些小燕子，那末伶俐可愛的小燕子，便也由南方飛來，加入了這個雋妙無比的春景的圖畫中，為春光平添了許多的生趣。……還有一家家的快樂家庭，他們還特為我們的小燕子備了一個兩個小巢，放在廳樑的最高處，假如這家有了一個匾額，那匾後便是小燕子最好的安巢之所。第一年，小燕子來住了；第二年，我們的小燕子，就是去年的一對，牠們還要來住。」

在描寫的過程中，更運用了動態和靜態的描寫，令燕子的活潑面貌鮮明具體。動態如「再幾隻卻雋逸地在粼粼如縠紋的湖面橫掠着，小燕子的剪尾或翼尖，偶沾了水面一下，那小圓暈便一圈一圈地蕩漾了開去。」靜態則如「那邊還有飛倦了的幾對，閒散地憩息於纖細的電線上，—— 嫩藍的春天，幾支木杆，幾痕細線連於杆與杆間，線上是停着幾個粗而有致的小黑點，那便是燕子，是多麼有趣的一幅圖畫呀！」

作者充分地描寫了燕子後，又如何借燕子抒情呢？正當作者離鄉遠去，身在千里之外時，作者看到了燕子聯想到故鄉雙燕，流露出自己想念故鄉的情感：「如今，離家是幾千里！離國是幾千里！托身於浮宅之上，奔馳於萬頃海濤之間，不料卻見着我們的小燕子。……見了牠們，遊子們能不引起了，至少是輕煙似的，一縷兩縷的鄉愁麼？」

〈海燕〉中的情感可以說是將自己遠離家鄉這個處境，比作燕子遷移，在海上飄流。動物常常成為我們的寫作題材，試以一種「動物」為題，透過借物抒情的方式寫作文章。這種動物最好選你熟悉的，以便於作描寫刻劃，如果自己對該種動物不熟悉，寫作起來會很困難。如果有自己喜愛卻不太熟悉的動物，寫作前就應搜集資料，了解該動物的特點、習性。

其次要思考自己想借這種動物來抒發什麼情感。這份情感不應單純是對該動物的喜愛之情，宜寄託對人生、際遇、處境之感慨，譬如生活情況、學習困難、家庭關係等都可成為寄託。如果揀選的動物與自己所說的景況相似，寫作起來會更容易。

夢葦的死　朱湘

我踏進病室，抬頭觀看的時候，不覺吃了一驚，在那瀰漫着藥水氣味的空氣中間，枕上伏着一個頭。頭髮亂蓬蓬的，唇邊已經長了很深的鬍鬚，兩腮都瘦下 去了，只剩着一個很尖的下巴；黧黑的臉上，一雙眼睛特別顯得大。怎麼半月不見，就變到了這種田地？夢葦是一個翩翩年少的詩人，他的相貌與他的詩歌一樣，純是一片秀氣；怎麼這病榻上的就是他嗎？

段 1

他用獃滯的目光，注視了一些時，向我點頭之後，我的驚疑始定。我在榻旁坐下，問他的病況。他說，已經有三天不曾進食了。這病房又是醫院裏最便宜的房間，吵鬧不過，亂得他夜間都睡不着。我們另外又閒談了些別的話。

段 2

說話之間，他指着旁邊的一張空牀道，就是昨天在那張牀上，死去了一個福州人，是在衙門裏當一個小差事的。昨天臨危，醫院裏把他家屬叫來了，只有一個妻子、一個小女孩子。孩子很可愛的，母親也不過三十歲。病人斷氣之後，母親哭得九死一生，她對牆上撞了過去，想尋短見，幸虧被人救了。就是這樣，人家把他從那張牀上抬了出去。醫院裏的人，照舊工作；病房同住的人，照常說笑。他的一生，便這樣淡淡的結束了。

段 3

我聽完了他的這一段半對我說、半對自己說的話之後，抬起頭來，看見窗外的一棵洋槐樹。嫩綠的槐葉，有一半露在陽光之下，照得同透明一般。偶爾有無聲的輕風偷進枝間，槐葉便跟着搖曳起來。病房裏有些人正在吃飯，房外甬道中有皮鞋聲音響過地板上。鄰近的街巷中，時有汽車的按號聲。是的，淡淡的結束了。誰說這辦事員，說不定是書記，他的一生不是淡淡的結束，平凡的終止呢？那年輕的妻子、幼稚的女兒，知道她們未來的命運是個什麼樣子！我們這最高的文化，自有汽車、大禮帽、鎗礮的以及一切別的大事業等着它去製造，哪有閒工夫來過問這種平凡的瑣事呢！

段 4

混人的命運，比起一班平凡的人來，自然強些。肥皂泡般的虛名，說起來總比沒有好。但是要問現在有幾個人知道劉夢

葦，再等個五十年，或者一百年，在每個家庭之中，夏天在星光螢火之下，涼風微拂的夜來香花氣中，或者會有一羣孩童，
段 5 腳踏着拍子唱：

室內盆栽的薔薇，
窗外飛舞的蝴蝶，
我倆的愛隔着玻璃，
段 6 能相望卻不能相接。

冬天在熊熊的爐火旁，充滿了顫動的陰影的小屋中，北風敲打着門户，破窗紙力竭聲嘶的時候，或者會有一個年老的女
段 7 伶低低讀着：

我的心似一隻孤鴻，
歌唱在沉寂的人間。
心喲，放情的歌唱罷，
不妨壯，也不妨纏綿，
歌唱那死之傷，
段 8 歌唱那生之戀。

咳，薄命的詩人！你對生有何可戀呢？它不曾給你名，它
段 9 不曾給你愛，它不曾給你任何什麼！

你或者能相信將來，或者能相信你的詩終究有被社會正式承認的一日，那樣你臨終時的痛苦與失望，或者可以藉此減輕一點！但是，誰敢這樣說呢？誰敢說這許多年拂逆的命運，不曾將你的信心一齊壓迫淨盡了呢？臨終時的失望，永恆的失望，可怕的永恆的失望，我不敢再往下想了。

段 10

我還記得：當時你那細得如線的聲音，只剩皮包着的真正像柴的骨架。臨終的前一天，我第三次去看你，那時我已從看護婦處，聽到你下了一次血塊，是無救的了。我帶了我的祭子惠的詩去給你瞧，想讓你看過之後，能把久鬱的情感，藉此發洩一下，並且在精神上能得到一種慰安，在臨終之時，能夠恍然大悟出我所以給你看這篇詩的意思，是我替子惠做過的事，我也要替你做的。我還記得，你當時自半意識狀態轉到全意識狀態時的興奮，以及詩稿在你手中微抖的聲息，以及你的淚。我怕你太傷心了不好，想溫和的從你手中將詩取回，但是你孩子霸食般的說：「不，不，我要！」我抬頭一望，牆上正懸着一個鏡框，框上有一十字架，框中是畫着耶穌被釘的故事，我不覺的也熱淚奪眶而出，與你一同傷心。

段 11

一個人獨病在醫院之內，只有看護人照例的料理一切，沒有一個親人在旁。在這最需要情感的安慰的時候，給予你以精神的藥草，用一重溫和柔軟的銀色之霧，在你眼前遮起，使你朦朧的看不見漸漸走近的死神的可怖手爪，只是獃獃的躺着，讓憧憧的魔影自由的繼續的來往於你豐富的幻想之中，或是面對面的望着一個無底深坑裏面有許多不敢見陽光的醜物蠕動着，惡臭時時向你撲來，你卻被縛在那裏，一毫也動不得，並且有肉體的苦痛，時時抽過四肢，逼榨出短促的呻吟，抽攣起
段 12 臉部的筋肉：這便是社會對你這詩人的酬報。

記得頭一次與你相會，是在南京的清涼山上杏院之內。半年後，我去上海。又一年，我來北京，不料復見你於此地。我們的神交便開始於這時。就是那冬天，你的吐血，舊病復發，厲害得很。幸虧有丘君元武無日無夜的看護你，病漸漸的退了。你病中曾經有信給我，說你看看就要不濟事了，這世界是我們健全者的世界，你不能再在這裏多留戀了。夏天我從你那處聽到子惠去世的消息，哪知不到幾天你自己也病了下來。你的害病，我們真是看得慣了。夏天又是最易感冒之時，並且冬天的大病，你都平安的度了過來，所以我當時並不在意。誰知道天下竟有巧到這樣的事？子惠去世還不過一月，你也跟着不
段 13 在了呢！

你死後我才從你的老相好處，聽到說你過去的生活，你過去的浪漫的生活。你的安葬，也是他們當中的兩個：龔君業光與周君容料理的。一個可以說是無家的孩子，如無根之蓬般

的漂流，有時陪着生意人在深山野谷中行旅，可以整天的不見人煙，只有青的山色、綠的樹色籠繞在四周，馱貨的驢子項間有銅鈴節奏的響着。遠方時時有山泉或河流的琤琮隨風送來，各色的山鳥有些叫得紓緩而悠遠，有些叫得高亢而圓潤，自煙霧的早晨經過流汗的正午，到柔軟的黃昏，一直在你耳邊和鳴着。也有時你隨船户從急流中淌下船來，兩岸是高峻的山巖，傾斜得如同就要倒塌下來一般。山徑上偶爾有樵夫背着柴擔夷然的唱着山歌，走過河裏，是急迫的槳聲，應和着波浪舐船舷與石岸的聲響。你在船艙裏跟着船身左右的顛簸，那時你不過十來歲，已經單身上路，押領着一船的貨物在大魚般的船上，鳥翼般的篷下，過這種漂泊的生活了。臨終的時候，在漸退漸遠的意識中，你的靈魂總該是脱離了醜惡的城市、險詐的社會，飄飄的化入了山野的芬芳的空氣中，或是挾着水霧吹過的河風之內了罷？

段 14

在那時候，你的眼前，一定也閃過你長沙城內學校生活的幻影，那時的與黃金的夕雲一般燦爛縹緲的青春之夢，那時的與自祖母的磁罐內偷出的糕餅一般鮮美的少年之快樂，那時的與夏天綠樹枝頭的雨陣一般的來得驟去得快，只是在枝葉上添加了一重鮮色，在空氣中勾起了一片清味的少年之悲哀，還有那沸騰的熱血、激烈的言辭、危險的受戒、炸彈的摩挲，也都隨了回憶在忽明的眼珠中、驟熱的面龐上，與漸退的血潮，慢段 15 慢的淹沒入迷瞀之海了。

我不知道你在臨終的時候，可反悔作詩不？你幽靈般自長沙飄來北京，又去上海，又去寧波，又去南京，又來北京；來無聲息，去無聲息，孤鴻般的在寥廓的天空內，任了北風擺佈，只是對着在你身邊漂過的白雲哀啼數聲，或是白荷般的自污濁的人間逃出，躲入詩歌的池沼，一聲不響的低頭自顧幽影，或是仰望高天，對着月亮，悄然落晶瑩的眼淚，看天河邊墜下了一顆流星，你的靈魂已經滑入了那乳白色的樂土與李
段 16 賀、濟慈同住了。

巢父掉頭不肯住，
東將入海隨煙霧。
詩卷長留天地間，
段 17 釣竿欲拂珊瑚樹。

你的詩卷中間有歌與我倆的中間的詩卷，無疑的要長留在天地間，她像一個帶病的女郎，無論她會瘦到哪一種地步，她那天生的娟秀，總在那裏，你在新詩的音節上，有不可埋沒的功績。現在你是已經吹着笙飛上了天，只剩着也許玄思的詩人
段 18 與我兩個在地上了，我們能不更加自奮嗎？

寫作指引

〈夢葦的死〉是朱湘為了悼亡好友劉夢葦而寫，作為一篇悼亡的作品，最重要就是情感真摯。要表達這份真摯感情，朱湘用了借事抒情的手法。

作者借的事主要是追憶夢葦死前的一段臥病生活，透過追憶當時所見，加上富情感的詞語來抒情，表達了作者對好友將死的心痛與哀傷：

「他用獃滯的目光，注視了一些時，向我點頭之後，我的驚疑始定。我在榻旁坐下，問他的病況。他說，已經有三天不曾進食了。這病房又是醫院裏最便宜的房間，吵鬧不過，亂得他夜間都睡不着。我們另外又閒談了些別的話。」

「我還記得：當時你那細得如線的聲音，只剩皮包着的真正像柴的骨架。臨終的前一天，我第三次去看你，那時我已從看護婦處，聽到你下了一次血塊，是無救的了。我帶了我祭子惠的詩去給你瞧，想讓你看過之後，能把久鬱的情感，藉此發洩一下，並且在精神上能得到一種慰安，在臨終之時，能夠恍然大悟出我所以給你看這篇詩的意思，是我替子惠做過的事，我也要替你做的。我還記得，你當時自半意識狀態轉到全意識狀態時的興奮，以及詩稿在你手中微抖的聲息，以及你的淚。我怕你太傷心了不好，想溫和的從你手中將詩取回，但是你孩子霸食般的說：『不，不，我要！』我抬頭一望，牆上正懸着一個鏡框，框上有一十字架，框中是畫着耶穌被釘的故事，我不覺的也熱淚奪眶而出，與你一同傷心。」

在追憶的事件中，作者還運用了對比以加深自己的悲痛之情。作者從追憶片段中，加插一些夢葦消瘦病危形象的描寫，與夢葦未病之時的俊秀樣子成為強烈對比，更凸顯作者的驚疑與傷感：

「我踏進病室，抬頭觀看的時候，不覺吃了一驚，在那瀰漫着藥水氣味的空氣中間，枕上伏着一個頭。頭髮亂蓬蓬的，唇邊已經長了很深的鬍鬚，兩腮都瘦下去了，只剩着一個很尖的下巴；黧黑的臉上，一雙眼睛特別顯得大。怎麼半月不見，就變到了這種田地？夢葦是一個翩翩年少的詩人，他的相貌與他的詩歌一樣，純是一片秀氣；怎麼這病榻上的就是他嗎？」

從〈夢葦的死〉中，可以知道借事抒情並不困難，大家可用一件事，甚至幾件事為文章骨幹，在事件中加入個人情感的語句，便能發揮借事抒情的效果。大家不妨以「珍貴友情失而復得」為題寫作。

首先題目中的兩個字眼很重要——「珍貴」、「失而復得」，「珍貴」是在於朋友與自己無血緣關係，卻彼此交心、互助互愛；「失而復得」是曾因事故、爭執等，令友情破裂或消失，後來修補問題，回復關係。大家必須思考生活中有什麼事件能表達出「珍貴」和「失而復得」，才易寫作。

其次，仿傚朱湘將文章設定為追憶的事件，運用對比以表達過往朋友間良好關係與現在朋友交惡時的不同之處。在寫作事件的發展過程中，應同時多加入個人情感，以表達自己對「珍貴友情失而復得」的感受與感悟。

悼志摩　王統照

九月二十號的早上我看見報紙上的志摩的死耗，當時覺得這件事過於離奇突兀了，也如他的別的友人一樣的不相信，但這個重大的消息卻在我的心頭上迫壓了一日。第二日探不到什麼，又過了一日報上説北平有人去照料他的屍體，運柩南下，我纔確定志摩真從火星煙霧中墮下來，把他的生命交還「那理想的天庭」，「永遠辭別了人間」。那幾個晚上我總覺得心緒不能寧貼，不自制地便想到他在空中翱翔的興致，想到他正尋求着詩料，浮動着幻想中忽然被急劇的震動，爆炸的聲響，猛烈的火焰迅疾的翻墮在蒼空中斷絕了他的最後時呼吸的慘狀。他是呼喊，是抖擻，是痙攣地伸縮的肢體？還是安然地死去？也許他最後的靈明可以使得他在那極短促迅速的時間中能迴念一切？或解脫一切，忘卻一切了「春戀，人生的惶惑與悲哀，惆悵與短促」？更不管顧火灼與傷殘肢肉的痛苦，只是向上望着「一條金色的光痕」？明知這都是無益的尋思，永遠找不到明證的妄念，然而我的心偏在這些虛幻的構圖上搏動。 段 1

我十分後悔，沒往濟南去看看他的蓋棺時的面容：因為初得消息的兩天疑惑是訛傳，又沒想到他的屍體運到濟南裝殮，及至得到確信後已遲一日，去也來不及了！ 段 2

志摩的詩歌、散文，以及各種的著作，不止在他死後方有定評，現在有些人已經談過了。至於他的為人、性情、思想，尤其是許多朋友所深念不忘，並非所謂「蓋棺論定」，以我與他相處的經過，我敢說那些「孩子似的天真，他對人的同情、和藹、無機心、寬容一切」的話，絕不是過多的讚美。本來一個理想很高、才思飄逸的詩人，即使他的性情有些古怪偏僻，他並不因此失卻他的詩人化的人格，但志摩卻能兼斯二者。他追求美，追求愛，追求美麗，痛惡一切的虛偽、傾軋、偏狹、平凡，然而他對於朋友，對於青年，對各樣的人，都有一份真摯的同情。凡是與他相熟的，誰也要說他是「一位最可交的朋友」。若不是具有十分純潔的天真與誠篤溫柔的心哪能這樣。愈因為他是聰明的詩人，能以使人願意接近，死後使人不止從他的詩情上痛悼，這正是志摩的特異之處。我自知道他死去的確信後，我總算得為中國文壇上悼念的關係居其半，而為真正的友情上也居其半。

段 3

這幾年中我與他相會時太少，自然是我住的地方偏僻了，也是他的生活無定，偶然的到一處找他殊不容易。他自從十五年後作的文字比較的少了，而作品也不似以前的豐麗活潑。我想這是年齡與環境的關係使然，然而無論是詩是散文，在字裏行間我們確能看得出他是逐漸地添上了些憂鬱的心痕與淒唱的餘音。對於他的自由自在的靈魂上，這是些不易解脱的桎梏，不過在他的著作中卻另轉入一個前途頗長的路徑，到了深沉嚴重的境界。以他的思想、風格，加上從來的人生的鍛煉，我相信十年後（怕不用這些年歲）他將輕視他以前的巧麗、輕盈與繁艷（自然他有他的深刻嚴重之處），他將更進一步的人生的意趣與理想贈予我們。所以在志摩的本身上看，這樣不平凡的死；這樣「萬古雲霄一羽毛」的死法，誠然是有他自己死的精神，但在他的文藝上的造就上想，無論國內的哪一派的文人，誰也得從良心上説一聲「可惜」！

段 4

我認識志摩是九年以前的事了。他那時由歐洲回來，住在北京。有一次瞿菊農向我説：「我給你介紹見一個怪人，——志摩」，那時我已讀過他的一兩篇文字，我尤其欣賞那篇弔曼殊斐兒的文筆淒艷。後來我們在中央公園見面了。那時正是四月中的天氣，來今雨軒前面的牡丹還留着未落的花瓣，我們約有七八個人在花壇東面幾間小房子開什麼會，會畢還照像。當大家在草地上遊散預備拍照的時候，志摩從松蔭下走來，一件青呢夾袍，一條細手杖，右肩上斜掛着一個攝影盒子。菊農把他叫住想請他加入拍照，他笑了笑道：「Nonsense」，轉身便向北面跑去。大家都笑了，覺得這人頗有意趣，不一會他已經轉了一個圈子又回到我們談話的那裏。我與他方得第一次的交談，日久了，總覺得他的活潑的興致，天真的趣味，不要說與他相談，即使在一旁聽他與別人談天也令人感到非常活潑生動。

段 5

他往遊濟南時正當炎夏。他的興致真好，晚上九點多了，他一定要我領他去吃黃河鯉，時間晚上，好容易去吃過了，我實在覺得那微帶泥土氣息的鯉魚沒有什麼異味，也許他是不常吃的吧，雖像是不曾滿足他的食慾上的幻想，卻也嘖嘖稱讚説：「大約是時候久了，若鮮的一定還可口！」飯後十點半了，他又要去逛大明湖。因為這一夜的月亮特別的清明，從城外跑到鵲華橋已是費了半個鐘頭，及至小船蕩入蘆葦荷蓋的叢中去時已快近半夜。那時虛空中只有銀月的清輝，湖上已沒有很多的遊人，間或從湖畔的樓上吹出一兩聲的笛韻，還有船板碰着厚密的蘆葉索索的響。志摩臥在船上仰看着疏星明月口裏隨意説幾句話，誰能知道這位詩人在那樣的景物中想些什麼？不過他那種興致飛動的神氣，我至今記起來如在目前。

段 6

從種種細微的舉動上，越發能夠明瞭他的志趣與他的胸襟。記得我們往遊泰山的時候，清早上踏着草徑中的清露，幾乘山轎子把我們抬上去，走了一半，我們一同跳下來，只穿着小衫褲向陡峻的盤路上爭着跑。跑不多時，志摩便從山壁上去採那一種不知名的紅艷的野花。他漸漸地不走盤道了，一個人當先從峭壁上斜踏着大石往前去，他還向我們招手，意思説：來，來，敢冒險的我們要另闢一條路徑！我同菊農也追上去，然而這冒險的路是不容易走的，沒有石級，沒有可以攀援的樹木，全是突兀的石尖、刺衣的荊棘，上面又有毒熱的太陽蒸炙着，沒有一點蔭蔽。別的人都喊着我們：「下來，快回來！這不是玩的！」連走慣了山路的轎夫也喊：「從那邊走不上去，沒有路呀！」志摩在前面很興奮地走並不回答，上去了幾丈，更難走，其結果菊農先退下來，我也沒有勇氣了回到盤道上面。我們眼看着志摩，從容地轉過一個險高的山尖，便看不見他了。一些人都説危險危險！然而這時即使用力的喊叫他也聽不見了，及我們乘轎子到了玉皇頂時，可巧他從那本是無路可上的山頂也轉了過來，我們不禁搖頭佩服他的勇氣！

段 7

泰山上的清晨與薄暮的光景，凡是到過的我想誰也讚美這大自然的偉大奇麗，尤其是夕陽西墜的絢彩。在泰山絕頂上觀日出是驚奇、閃爍、艷麗；日落呢，卻是深沉、迷蕩、靜息與散澹。那一片的美麗的雲彩，吞吐着一個懸落的金球，在我們的足下，在無盡的平原的低處，他是戀戀着這已去未盡時間，是輝耀着他的將散失的光明，那真是一幅不能描繪的圖畫。就在那時，志摩同我們披了棉衣（山上太冷了）在山頂上的晚風中靜立着眺望，誰都不説什麼。忽然他又得了他的詩人的啟示，跑向盡西面一塊斜面平滑的大石上蹲下身子，要往下爬去。泰山的絕頂是多高！除卻山前的石級之外，其他是沒有正道的，那塊大石的下面盡是向下斜出的石尖，若墜了下去恐怕來不及揪住一條藤葛，便直沉澗底。這可不比向上爬山路，所以誰也説不可上去，石面太滑了。志摩卻是天生好冒險好尋求他的理想境界的人，他居然從上面慢慢地蹲上去，坐下，後來簡直臥在上面，高喊着「勝利」。我們在一旁實在替他捏一把汗，然而他究竟能以在絕壁的滑面上臥看落日，償足他的好奇的興趣，這正是：

段 8

「原是你的本分，野山人的脛踝，
這荊棘的傷痛！
且緩撫摩你的肢體，你的止境
還遠在那白雲環拱處的山嶺！」

段 9

也是：「是動，不論什麼性質，就是我的興趣、我的靈感。
段 10 是動就會催快我的呼吸，加添我的生命。」

志摩的這類句子的確是他自己的真感、理想、他的個性的揮發，我特地記下上面的幾件小事來為他的詩句作註解。凡與他常處的朋友誰也能從他的不羈、活潑、勇往，與無論如何想實現其理想的性格上看的出來。至於他的無機心與孩子般的純
段 11 篤，已經他人說過，可以不多提了。

我相信一個真正的詩人，無論他的作品是冰塊，是荊針，是毒藥，是血汁，總之他的心沒有一個不是有豐厚的同情，與理想的境界的追求的。志摩在文學方面的成績，如創造相當的形式選擇美麗的字句，這些工作都不是志摩得人同情的重要原因。他是誠懇地用種種方法訴說出他自己的願望、思想、情感。自然，每一個文人都應如此，然而他的明快，與他的爽利、活潑的個性，表現在詩歌散文裏容易使人體察得到。因為同情的豐厚，所以任何微末的事物都易引起他的關念幻想，一點點風景的幽麗，足以值得他喜歡讚歎。一個詩人不止在這上面可以發展他的天才，然而根本上連這點點的真實都沒有，如何能以寫詩？有的詩人（不論新與舊）只是走狹的道路，欣悅自然的變化，忘卻了人生的糾紛，有的又止着眼於實地的生活，缺少了靈奇微妙的幽感。志摩的詩是否在新詩中達到最成

功的地步不必講，然而我們打開他的三本詩集看去，是不是能將「靈海中嘯響着偉大的波濤」與「幾張油紙」,「三升米燒頓飯的事」，併合成一團動人的真感，印在讀者的心頭？姑無論他的風格，他的幻想的豐富，即此一點也足以成就他是「一位心最廣而且最有希望的新詩人」了。

段 12

關於他的其他的追念不必多述了，我只記得在十二年的春日我到石虎胡同，他將新譯的拜崙的 *On This Day I Complete My Thirty-Sixth Year* 一首詩給我看，他自己很高興地讀給我聽。想不到他也在三十六歲上死在黨家莊的山下！他的死比起英國的三個少年詩人都死得慘，死得突兀！我回想那時光景不禁在膠擾的人生中感到生與死的無常！但他的死正是火光中爆開的一朵青蓮，大海中翻騰起來的白浪，暴風雨中的一片彩虹的現影，足以在他的三十六年的生活史上添一層淒麗的閃光。他永遠去追求「無窮的無窮」，永遠「在轉瞬間消滅了蹤影」，永遠「不穩在生命的道上感受孤立的恐慌」，然而這層淒麗的閃光卻也永遠在他的朋友們的心中躍動！

段 13

（志摩在這危急悽慘的大時代中掉頭不顧的去了，為他寫點追悼的文字，真有把筆茫然之感！今略記其一二小事，以見他的獨特的性格，恕我暫是不能作更長的文字。）

段 14

寫作指引

〈悼志摩〉也是一篇悼亡作品，卻與〈夢葦的死〉的寫作內容有很大的分別，因為徐志摩死於突如其來的意外，作者王統照不但不在他身旁，甚至連喪禮都沒有出席。故王統照所借用的「事」並非悲苦往事，反而寫許多都是自己與徐志摩相識、相處的美好回憶，用以刻劃自己對這位好友的懷念之情，譬如以下一段文字：

「他往遊濟南時正當炎夏。他的興致真好，晚上九點多了，他一定要我領他去吃黃河鯉，時間晚上，好容易去吃過了，我實在覺得那微帶泥土氣息的鯉魚沒有什麼異味，也許他是不常吃的吧，雖像是不曾滿足他的食慾上的幻想，卻也嘖嘖稱讚說：『大約是時候久了，若鮮的一定還可口！』飯後十點半X了，他又要去逛大明湖。因為這一夜的月亮特別的清明，從城外跑到鵲華橋已是費了半個鐘頭，及至小船蕩入蘆葦荷蓋的叢中去時已快近半夜。那時虛空中只有銀月的清輝，湖上已沒有很多的遊人，間或從湖畔的樓上吹出一兩聲的笛韻，還有船板碰着厚密的蘆葉索索的響。志摩臥在船上仰看着疏星明月口裏隨意說幾句話，誰能知道這位詩人在那樣的景物中想些什麼？不過他那種興致飛動的神氣，我至今記起來如在目前。」

要表達這份懷念，王統照除了借事抒情外，更運用多種人物描寫手法，刻劃了徐志摩的「怪人」形象，從中得出作者對他性格的評價——「活潑」、「天真」、「有意趣」、「敢冒險」：

1. 肖像描寫：「志摩從松蔭下走來，一件青呢夾袍，一條細手杖，右肩上斜掛着一個攝影盒子。」

2. 語言描寫：「他笑了笑道：『Nonsense』，轉身便向北面跑去。」

3. 行為描寫：「志摩便從山上去採那一種不知名的紅豔的野花。他漸漸地不走盤道了，一個人當先從峭壁上斜踏着大石往前去，他還向我們招手，意思說：來，來……」

在作者心中，徐志摩更是超乎自己想像的令人佩服，作者用了人物烘托來表達這份情感。作者記述遊泰山時，徐志摩不理會危險和沒路可行的勸告，堅持自闢路徑登山，而作者等友人只能在旁為他擔憂，這正好烘托出徐志摩的超凡勇往。試細閱以下兩段文字：

「志摩在前面很興奮地走並不回答，上去了幾丈，更難走，其結果菊農先退下來，我也沒有勇氣了回到盤道上面。我們眼看着志摩，從容地轉過一個險高的山尖，便看不見他了。」

「這可不比向上爬山路，所以誰也說不可上去，石面太滑了。……他居然從上面慢慢地蹲上去，坐下，後來簡直臥在上面，高喊着『勝利』。我們在一旁實在替他捏一把汗，然而他究竟能以在絕壁的滑面上臥看落日，償足他的好奇的興趣……」

悼亡親友離世是每個人都有可能遇過的事，大家可嘗試以「悼亡親友」為題寫作，如果自己沒有經歷過年長親友離世，也可以選擇社會中的名人離世事件作為寫作素材。可根據以下幾點來寫作：

1. 選材時先回想自己與該位親友相處的往事，選取較深刻的兩三件往事，諸如令人快樂的、傷心的、生氣的、感動的事皆可，記述這些往事，並抒發對該親友的懷念之情。

2. 在撰寫事件中，運用肖像、行動、語言和心理描寫，刻劃該親友的性格特點，繼而表達自己對該親友的性格之看法。

3. 再運用人物烘托手法，記述該親友與自己或身邊其他人的處事方式、待人接物有何不同之處，以反映該親友的獨特過人之處。